犬たちへの詫び状

Sato Aiko

佐藤愛子

PHP

犬たちへの詫び状

目次

1　犬は犬らしく生きよ

2　犬の事件簿

3　動物たちへの詫び状

＊本書は二〇〇一年四月にＰＨＰ研究所から単行本として刊行され、その後、二〇〇五年十二月に文藝春秋から文庫化された同名の作品を新装復刊したものです。
掲載している内容は、原則として文庫刊行時のままとしました。

1　犬は犬らしく生きよ

“らしさ”の習性

犬は犬らしくあれというのが、私の犬への期待である。

私のいう「犬らしい」とは勇敢、敏捷《びんしょう》、怜悧《れいり》で、かつ人間に甘えず、犬であることの意識をもった恭謙《きょうけん》なる人間の家来であることだ。

色は何色でもいい。毛は長くても短くてもいい。しかし耳は注意深く敏感にピンと立っていてほしい。鼻は黒く、口先は適当に長く、そしてこれは一番大事なことなのだが、尻尾《しっぽ》はキリリと右に巻いていて、固い結び目のような薄茶色の肛《こう》門《もん》が、彼の勇気と緊張を語るように凜々《りり》しく締っている——そういう犬が私の理想なのである。

にもかかわらず、なぜか我が家にそんな犬が来たことは一度もない。たいていは娘が学校の帰りに拾ってきたり、友達の家でもてあましているのを貰《もら》ってきたりするせいだろうか。どうも妙な犬ばかりである。

一口にいうと、どの犬にも凜然《りんぜん》としたところがないのだ。一日いっぱいグウグウ、イビキをかいて寝てばかりいて、強盗が来たら犬小屋へ逃げ込んだブルドッグ、隙《すき》を見ては抜け出して、子供のいる家を順々に廻《まわ》ってはお菓子を貰うのを日課にしていた何種の系統なのかわからない赤犬、いなくなったと思ったらヤキトリ屋の車を引っぱっていた土佐《とさ》犬もいる。

今いる雑種のメスは、これはもう犬というより猫と呼びたいようなシロモノで、四六時中、彼女が考えていることは、家へ上って人間の膝《ひざ》の上に坐《すわ》りたいということらしいのである。

庭に出てボールを投げてやっても走らない。散歩に連れ出そうとしても、踏んばって歩かない。居間でテレビを見ていると、内玄関のガラス障子《しょうじ》が静かに開いて、誰が来たのだろう、それにしても声がしないが、と思ってふり返ると、ジリジリ匍匐《ほふく》前進で後ろへ来ているのだ。

「こらァーッ」

と怒って追い出して錠《じょう》を下ろす。

ブリブリしながら戻ってくると、いつの間にか居間のテーブルの下に寝そべっているではないか。私が内玄関から居間へ戻るより早く、彼女は庭を駆けめぐってテラスのガラス戸を開けて入りこんでいるのだ。

「こらァーッ」

とまた怒って追い出すが、我が家は人の出入りが多い。いつか内玄関の錠を誰かが外しているので、気がつくとストーブの前、あるいは炬燵《こたつ》の前の私専用の座布団の上に丸まって目を細めているのだ。

日にいったい何度、私は彼女に向かって「こらァーッ」と怒鳴っていることか。私が階段を降りてくると、彼女は頭を床につけ、恐懼《きょうく》降参、ひたすら「こらァーッ」を受け容《い》れる姿勢を作って上目遣《うわめづか》い。

「何よッ！　その格好はッ！　恥じなさいッ！」

私はいっそう猛《たけ》り狂う。

「そのへつらいの目差《まなざ》しの中に隠れている図々しさ、厚顔は許せないッ！　犬たるものがそんなことでいいのかッ！」

叱咤《しった》されて遁走《とんそう》するのならまだ許せるが、遁走のフリして食器棚の陰に隠れ、ひそかに様子を窺《うかが》っている。出て行ったものと思ってテラスのガラス戸、内玄関の錠を下ろし、炬燵でお茶を飲んでいると、何だか忍びやかな気配が背後に漂う。

ふり返ると、いつの間にか私の座布団の後ろ半分のところに前脚と顎《あご》を乗せていて、私がふり返ると同時に低頭して目をショボつかせて殴られる用意をする情けなさ。

「お前はマゾかッ！」

叱咤するとその場におシッコを洩《も》らすのだ。

全くもう、何という犬だろう。


そういう犬は飼い主が悪いのだと人はいう。飼い主の愛情が行き届いていないから、次々と妙な犬になるのです。妙な犬が来るのではない、あなたによってみんな妙な犬になるのです、と。

規則正しい食事、散歩をさせていますか？

愛情深く話しかけていますか？

優しさや思いやりに欠けていませんか？

手前勝手な感情で、人間のエゴイズムを犬に押しつけていませんか？

何が正しくて何が正しくないかをきちんと教えていますか？

その意図が果して犬に通じているかどうかを考えて犬を叱《しか》ったり、褒《ほ》めたりしたことがありますか？

犬は飼い主の鏡ですよ！

いやはや、何かにつけてうるさい世の中になってきたものだ。

自分の子供を育てるのさえも、叱らないからああなった、叱り過ぎたからこうなった。Aさんは親が勉強勉強といい過ぎたから勉強嫌いになった、Bさんは親が勉強勉強といわなかったので勉強嫌いになったとアレコレ聞かされ、いったいどうすりゃいいんだと頭は混乱してわけがわからなくなりかけているのに、犬にまで手が廻るかというんだ。

子供は親の鏡ですよ、親の顔が見たい、といわれて恐縮していると今度は犬は飼い主の鏡です、飼い主の顔が見たいといわれねばならない。

「犬の面倒を見きれない人、しつけの出来ない人は犬を飼うべきじゃないわね。犬を飼うには飼い主としての資格といったものが検討される時期に来ていると思いますわ」

「それじゃあ、そのうちに母親の資格審査を受けてから子供を産めということになりますか、アハハハ」

と高笑いしたのが精いっぱいの抵抗である。

「うちのチコチャンは利口《りこう》でねえ、その上に信仰心まであります のよ。私が毎朝、お題目を上げていると、後ろへ来て一緒にお題目を上げるんです」

と自慢する奥さんがいるが、犬としてはべつにお題目を上げているつもりはないのだ。奥さんのお題目の声に誘われて単に遠吠《とおぼ》えをしているに過ぎないのである。

犬がサイレンや汽笛や豆腐屋のラッパと一緒に遠吠えをするのは、野生の時代に森林や草原で仲間と遠吠えをかわし合った習性が今なお残っているからだと識者はいう。

奥さんのお題目がチコチャンの遠い習性を呼び起すのだ。べつに信仰心でも何でもない。そういえばかつて我が粗犬の中に、娘が笛を吹くと一緒に、遠吠えをするのがいた。

「コンピラ　フネフネ
おいてに帆かけて　シュラシュシュシュ」

それに合わせて「オーオォーオーオォー」と吠える。その声を聞くと「うちの犬はお歌が好きなのよ」なんて喜ぶどころか、今は人間の家来となって、山野を駆け廻り仲間と呼び合う幸福を忘れた犬たちのその悲しい身の上、その気持ちが偲《しの》ばれて、私の胸は痛む。

タロウの過去

タロウは中型の赤犬である。短毛で尻尾《しっぽ》の先と足先だけ白く、顔は紀州犬に似ている。年は幾つかわからない。オスである。

タロウが我が家へ来てから、およそ五年になる。娘が飼犬のチビを連れてお使いに行き、帰ろうとしたら一緒についてきた。そのうち出ていくだろうと思っていたら、出ていかない。出ていってもまた戻ってきて門の前に坐《すわ》っていた。そのときからタロウはこの家を自分の家だと思い決めたようである。人の出入りと一緒に勝手に出たり入ったりしているので、近所の人は我が家の飼犬だと思い込んで、文句の電話がかかってきた。

「お宅はいったい何を考えてるんですか。この節、犬を放し飼いにしている家なんかどこにもありませんよ！　近所迷惑ってことがわからないんですか！」

名を名乗らない電話だから、遠慮会釈もないいい方である。近所も我が家の犬だと思い、犬自身もその気になっている様子で、いつか彼は我が家の飼犬になった。飼犬になった以上、名前が必要なので、とりあえずいい加減にタロウと呼ぶことになった。その名をつけたのはその頃働いていた家事手伝いの娘だったと思う。

私は束縛されるのがいやな人間である。いつも出来るだけ自由でいたい。自分が自由でいたいだけでなく、まわりの人も自由でいてほしい。犬を鎖で縛ることをしないのは、それを見るのが辛《つら》いからだ。チビは生れて三カ月目に娘がどこからか貰《もら》ってきたスピッツ系の雑種だが、このチビという名も誰かがとりあえずつけて、成長してチビでなくなった今もそのままチビだ。

私の家は築後三十二年のボロ家だが、庭がいくらかあるので犬は自由にしている。二匹して前庭から裏庭へと元気よく駆け抜けている姿を見るのが嬉《うれ》しい。

チビはメス犬である。そのためか二匹は喧嘩《けんか》をしたことはない。しかしチビはタロウをうさん臭《くさ》い奴《やつ》だと思い、内心邪魔者あつかいしていることは確かだ。私が庭へ出ていくと二匹が寄ってくるが、そんなとき、チビはタロウを押しのけ、私の手がタロウに届かぬように私に乗りかかってくる。飯を与えると自分の分は後廻《あとまわ》しにして、タロウの分から食べはじめる。それでも喧嘩にならないのは、タロウがおとなしく譲っているからで、それを見た人はタロウは身のほどをわきまえている賢い犬だという。しかしいや、賢いというより、これはノンキなだけでしょうという人もいる。

タロウは庭に穴を掘る。幾つも幾つも掘る。植木屋がきて、タロウ、なんで穴ばかり掘るんだ、と怒りながら一所懸命に穴を埋めている後ろで、せっせと次の穴を掘っている。タロウが考えていることは、穴を掘ることとチリ紙交換の呼声と一緒に遠吠《とおぼ》えすることと、そうして表へ出ることで、裏庭にいても表の勝手口のチャイムが鳴る音を聞くと一目散に走って行って、戸を開けた途端に走り出してしまう。そんなに外が好きなら、戻ってきなさんな、と私は怒るが、暫《しばら》くすると誰かと一緒に入ってきたとみえて裏庭に寝そべっているのだ。

「いったいお前はどこから来たの！」

私はときどき、タロウに話しかける。話しかけるとタロウは「おて」をする。誰にいつ、それを習ったのか。どんな家のどんな所に寝ていたのか。どんな飼い主だったのか。捨てられたのか。誰かにつかまって、そこから逃げてきたのか。もし道で私の娘と行き会わなければ、野良犬となって夜は道端で眠り、食物を捜してウロウロしているところだろう。

「運のいい犬ですねぇ」

と人はいい、

「タロウ、ご恩を忘れるんじゃないよ。いつか必ず恩返しをするんだよ」

と私はいいきかせるが、タロウはどこ吹く風といった顔でカマボコの板を齧《かじ》っている。寒くなってきたので、タロウにもチビと同じ犬小屋を買ってやったが、タロウは入らない。どんな寒い夜、雪の日でも玄関脇《わき》の庇《ひさし》の下の地面を掘ってそこに丸まっている。無理に小屋へ入れようとすると、必死で抵抗する。そんなとき、タロウの過去が透絵《すかしえ》のように見えてくるような気がするが、それだけのことで、それ以上は何もわからない。

誰もいない静かな午後、私が机に向かっていると、異様な唸《うな》り声が聞えてくることがある。唸り声の合間に悲しげに鼻を鳴らす音や悲鳴が混る。タロウがうなされているのである。

「犬もやっぱり夢を見るんですね」

と家事手伝いの人がいった。タロウは始終、眠ってはうなされているのだ。

「タロウ、お前はどんな辛いことがあったの？」

と私はタロウに訊《き》く。だがタロウはただ、太い大きな前脚を不器用につき出して「おて」をするだけなのである。

ポチ

私は犬が好きだ。どんな獰猛《どうもう》な犬でも私が手をさしのべると、親愛の情をあらわして指先をなめるという自信がある。

子供の頃、叱《しか》られるといつも犬のところへ行った。そうして心配そうに見上げている犬を抱いて、いきなり鼻先に嚙《か》みついたりした。犬はキャンと悲鳴を上げるが、それでもそんな私を恨んだりはしないのである。ポチという名の犬だった。

私の家は父が犬好きのせいもあって、一時は八匹ほど犬がいたことがある。中に足を引きずる犬がいて、母はその犬をアホだといって嫌っていた。私は母が留守の間にその犬を客間へ上げて、一番上等の座布団に坐《すわ》らせて、カステラをやったことがある。しかしその犬はやはり母のいうとおりアホらしく、私の折角の好意にも一向に感激した様子はなく、ノソノソ歩いて床の間にオシッコをしたりした。

犬は好きだが私の好きなのは、雑種である。でなければ日本犬が好きだ。花咲爺のここ掘れワンワンの犬である。私は私の気に入った犬は、全部ポチと呼ぶことにしている。

あるとき散歩をしていたら、道の傍《かたわら》に白い日本犬の雑種が寝そべっていた。私はつい親愛の情をあらわして、「ポチ、ポチ」と呼ぶと犬は面倒くさそうに、寝そべったままゆらゆらと尻尾《しっぽ》をふってみせた。私はそういう犬が好きである。

飼い主の資格

私は寝そべっている犬を見ているのが好きである。犬は顎《あご》を地面につけてじいっと眼を閉じている。そうしてふと開け、また閉じ、また開けて立ち上がり、スタスタと歩き出す。

彼は何を考えたんだろう――。

私はそう思う。彼は何を考えながら眼を閉じていて、そうして何を考えついたので立ち上がって歩き出したのだろう？

そう思うとき、私は犬に親しみを感じる。犬と私の眼が合う。犬は立ち止まる。

「やあ！」

という眼になる。耳が少し後ろへ倒れかかる。尻尾《しっぽ》を振ろうか振るまいか迷っている感じ。今さら尻尾を振って飛びつくほどのこともなし、さりとてこのまま知らん顔しているのも情がない。

私は犬とのそんな親しいような、そっけないような関係が好きである。

私の家にはコロという名のメスがいた。コロは典型的な雑種の赤犬である。娘が小学校二年のとき、学校の帰りにどこかから貰《もら》ってきた。翌日、私はケーキを六個、その家にお礼に持たせてやった。ケーキは十個にしようと思ったが、六個にした。その年は私の夫の会社が倒産しかけていた年である。我が家計は私の僅《わず》かな原稿収入で立てていたので、私は勝手に犬の仔《こ》を貰ってきた子供に文句をいったことを覚えている。四個のケーキ代が私には惜しかったのだ。

そんなわけで私はコロをあまり可愛《かわい》がらなかった。まったく犬どころではないという気持ちだったのだ。コロという名も粗末な名である。仔犬というものはどんな犬でもコロコロコロしている。それで「コロがいい」ということになったのだ。

ところで私は動物園が嫌いである。ライオンやトラが檻《おり》の中でグッタリと寝そべったり、壁に添ってウロウロと歩き廻《まわ》っているさまを見ていると、胸苦しくなって来る。可哀《かわい》そうで、醜悪で、見ていられなくなる。

檻の中の動物はいずれも薄よごれ、気魄《きはく》を失くし、飽食しつつふてくされている。動物愛護協会の人はこういう動物を見て何と思っているのだろう。ノラネコを拾って来てミルクをやるばかりが動物愛護ではない。動物が本来の生き方を失っていることほど彼らにとって悲惨なことはないのだ。

「人間は思いあがっている！　動物をこのように堕落させる権利が自分たちにあるとでも思っているのか！」

いつか動物園へ行ったとき私がそういって怒ったので、娘は慌てていった。

「ママ、もっと小さな声で、小さな声で」

私はコロを庭で放し飼いにしていた。我が家の庭は雑草がはびこり、犬を放し飼いにしても庭が荒れて犬を叱《しか》らねばならぬという心配はないように出来ているのである。

しかし今の東京では、犬を縛るのは好きでない、などといっていては叱られるのである。

コロは人の出入りの隙《すき》をかいくぐっては表へ出るようになった。走り出てどこをほっつき歩いて来るのか、一時間ほどしたら帰って来る。その一時間が二時間になり、三時間になり、ついには夜通しいなくなっていたりするようになった。出すまいとして、裏庭から前庭に出る通路に戸をつけたが、その戸の下に穴を掘ってくぐりぬけていく。

コロを外へ出さぬためには、鎖で縛るのが一番なのだ。しかし私は何としてもコロを鎖で縛りたくない。もし私がコロであれば、たとえ一食食べなくても鎖で縛られるのは嫌だと思うからである。

そのうち、あちこちから電話がかかって来るようになった。

「お宅の犬が来ています。取りに来て下さい」

いつの間にかコロは私の町内で有名な犬になっていたのである。今どき、毎日ほっつき歩いている犬なんて、東京にはいないのである。どこの家でも「犬の放し飼いは止めましょう」というお上の注意をよく守り、犬を犬舎に入れ、夕方から早朝には犬のフンをすくうシャベルとビニール袋を持って犬を散歩させているのである。

コロはそういう愛犬家たちの憎しみの的となっていたらしい。コロの主人である私も、である。

「お宅はいったい、どういう考えで犬を飼っているんです？　どこへ行ってもこの犬がウロウロしてるわ！」

と外で怒鳴る奥さんが現れた。どういう考えかと聞かれると、

「我々は今みんな文明という檻に入って生きています。檻の中で息がつまりそうでヘトヘトになっています。せめて犬だけでも自由にさせてやって、それを見て自分もホッと一息つきたいのです」

と答えぬわけにはいかない。しかしそういう答えは奥さんの怒りを買うだけである。犬に自由を与えるということは今では罪悪なのであるから。人間が檻に入っている以上、犬も檻に入れるべきだとみんな考えているらしい。

「お宅の犬が来ていますから取りに来て下さい」

と電話をかけて来る人は親切な人たちなのである。その人たちに対して怒っては申し訳ないのだ。

それで私はニガり切ってコロを連れに行く。だが連れ帰って一時間とたたぬうちにコロはいなくなっている。

そんなふうにコロは七年生き、ある夜向こうから疾走《しっそう》して来た車に撥《は》ねられて即死した。私が旅行中の出来事である。

死んでしまってからコロは町内の人気者であったことがわかった。

「この頃コロを見かけませんがどうしましたか」

と道でいろんな人に聞かれる。

「死にました」

というと、まあ、おとなしくていい犬でしたのに、と涙ぐむ人もいる。コロはあちこちの幼な子の友達になっていて、毎日彼らを順々に訪問していたらしい。

コロが死んだと聞いて、例の奥さんは、

「飼い主の責任です。あの人には犬を飼う資格がありません」

と怒っていたそうである。私はそれに反駁《はんばく》する気はない。だが私は次の犬を飼うことがあっても、やはりコロと同じように飼うだろう。

愛犬家のつもり

私は自分では愛犬家のつもりでいるのだが、人はそう思ってくれないようである。というのも、我が家の犬は汚いからである。今いるのはブルドッグの出来そこないだが、汚いのはこのブルドッグだけではない。代々の犬、みな汚い。私の家へ来ると汚くなってしまうのである。

我が家の犬は庭に放し飼いにされている。私が犬を縛るのが嫌いだからだ。金網の囲いの中に入れるのも嫌いである。縛られてキャンキャン吠《ほ》えている犬を見ると、自分が縛られているように苦しくなる。金網の中でぐったり諦《あきら》めている犬を見るのも辛《つら》い。

昔、犬は山野を走って獲物を追い、敵と戦い、自由だった。それが人間に飼われるようになり、戦わずして食物を得られることと引き替えに、自由を失った。その犬の悲哀に満ちた姿を見るのが私は辛いのである。

出来れば私は、毎日犬を街へ放してやりたい。犬はあっちの街路、こっちの野原を駆け廻《まわ》り、疲れると帰って来る。帰って来た犬に食べ残しの肉や飯を与えて安らかに眠らせる。その代り、私もまた犬に何かと厄介をかける。憂きことのみ多いこの世である。

辛さ苦しさに耐えかねて誰かに八ツ当りしたいと思うとき、亭主なき身であれば、犬に八ツ当りするほかない。子供に八ツ当りしてグレられては困るし、手伝いの人に当って、荷物をまとめて帰られてはどうすることも出来ない。

そこで犬に当らせてもらう。

犬は健気《けなげ》に耐えてくれるであろう。何も悪いことをしていないのに、ただ、静

かに日向《ひなた》ぼっこをしているだけなのに、

「このぐうたら！　食っちゃ寝、食っちゃ寝。少しは恥じ入りなさいよッ」

と蹴《け》とばす。

「そんなことといったって、することがなけりゃ寝ているほかないでしょ、ご機嫌伺いに顔を出せば出したで、うるさいッこの犬は、人の邪魔ばかりしてッ！　と怒鳴られることはわかってるんだから……」

などと、人間ならすぐに理屈をこねるところだが、犬はひたすら恐縮して、尻尾《しっぽ》を巻いてコソコソと植込みの後ろかなんかに逃げ込めば、その素直さにこちらの良心は痛んで優しくなる。

こういうふうに私は犬を飼いたいのだ。

八ツ当りさせてもらう代りに、私は犬のいやがることは何もしたくない。チンチン、おあずけ、ワン、なんて教えたくない。食物を目の前に置いて見せびらか

して、

「おあずけ……おあずけッ……おあずけッたら、おあずけッ！」

と怒鳴って犬を困らせたりしたくない。

犬にも行儀を教えなくてはいけない、といわれる。しかし犬と人間とは違うのだ。人間の行儀の悪いのは色々と生きて行く上で差《さ》し支《つか》えが生じるであろうが、犬は犬だ。まあ、お行儀がいいワンワンちゃんねえ、と褒《ほ》められたところで、嬉《うれ》しいのは飼い主であって、犬の方には何のメリットもない。イヌといわれるより、ワンワンちゃんと呼んでもらう方が幸福である、と犬が思うならば、ま、行儀よくしてお世辞使われるのもいいだろう。

しかし犬はワンワンちゃんと呼ばれるよりも、自由、ありのままでいたいのではないか。頭に赤いリボンをつけてもらって、暖炉の前のソファの中でウトウト眠っている猫みたいな犬がいる。

「まあ、可愛《かわい》い！」

と抱き上げられて頬《ほお》ずりされるワンワンちゃんは果して幸福か不幸か。もしかしたら、ああ何たる情けなきこの身、猫か犬か、自分でもわからなくなって、そのうちにいつか、ニャアと鳴いてしまうのではないかとある日愕然《がくぜん》と気がついて、以来、ノイローゼ気味。なのに人間の中には何も気づかず、

「ホントに倖《しあわ》せなワンワンちゃんねェ」

と羨望《せんぼう》の声を上げて感謝を強要したりする手合がいるので、リボンをつけた彼はますます憂鬱《ゆううつ》、絶望に落ち込んでいるのではあるまいか。

その点、我が家の犬は幸福である。好き勝手、自由放任、実に犬らしく生きている。理解ある飼い主を持って彼らは感謝しているにちがいない、私こそまことの愛犬家といえるのではありますまいか。そう人にいえば、その人、ニコリともしないで呟《つぶや》いた。

「無芸大食。悪臭フンプン。放浪癖。人を見ても吠えないノラクラ。飼い主によって犬は名犬にもなり駄犬にもなるということが、ほんとうによくわかりました」

ブス道とは

我が家には名をベティというブルドッグがいる。

ブルドッグであるから、彼女の顔はシワシワである。元来、シワは顔にあるものとされているが、彼女の場合は頭のてっぺんにもシワがある。ご承知のように鼻はペタンコにつぶれ、口は平たい。

昔、イギリスでは牡牛《おうし》とブルを戦わせた。そのとき、牡牛の腹に喰《く》い下ったブルの鼻が普通の犬のように突出していると、牡牛の腹に鼻がめり込んで呼吸が出来なくなる。そのため、人間がブルを鼻ペチャに作ったのだという。

かくて鼻ペチャのブルは、その無理な鼻の構造上、常に大イビキをかく。それから常にハナミズをたらしている。それからまた常に桃色の舌を口の間から覗《のぞ》かせている。

まことにブルドッグこそは悲劇の犬なのだ。しかしその悲劇性を克服するために、ふんばった前脚、どっしりと重い胴体、ガムシャラな性格が与えられている。従ってよく育った成犬のブルが、脚をふんばり、その獰猛《どうもう》な顔をじっと向けると、それだけで人は威圧される。威圧によってブルは、はじめてブスの悲劇性から脱《ぬ》け出るのである。

ところである日、私はブルドッグを飼いたくなった。犬に金を出すのはかねてよりの主義に悖《もと》るが、雑種の放浪犬はいてもブルの放浪犬というのはいない。仕方なく主義を捨てて買おうと思い立ったのだ。私は獰猛でどっしりしている犬が好きである。雑種の犬は利口《りこう》だがどうも「どっしり」としていないのがもの足りない。

私は娘を連れてブルドッグを買いに行った。丁度《ちょうど》、生れて三カ月という仔《こ》ブルが三匹いて、ダンボールの箱の中でふざけ合っている。よく見るとふざけ合っているのは二匹で、二匹が暴れているすみっこに、小さくなっている奴《やつ》がいる。大きさは他の二匹の頭ぐらいの大きさしかない。

「この小さいのは生後、何カ月ですか」

「三カ月です」

「ではこの元気のいい方は？」

「それも三カ月です。同じ腹から出たのですが、どういうわけか、それだけが小さいんです」

私は考えた。小さければ値段も安いのではないか？

私の腹を見すかしたようにブル屋さんはいった。

「そっちの二匹は十万円ですが、このチビは三万円でいいです」

三万円！　三分の一！

私は昔、貧乏世帯をやりくりしたケチなカミさんだった時代がある。こういうときにそのカミさん魂《だましい》がむっくり頭を擡《もた》げる。

「この犬、病気、病気じゃないでしょうね？」

「いや、病気なんかじゃありませんよ、後の二匹にけおされているんですかなあ。一匹でノビノビ育てられれば大丈夫です」

私は決心した。大体、十万円の予算を立てていたが、これで七万円のトクをした計算になる。

娘に犬を抱かせて帰るみちみち、私の心が浮き立っていたのは、そう計算したからなのであった。

ところがこのチビブル、飼ってみて特価品であったわけがわかった。何の病《やまい》を背負って生れたのか、一向に大きくならない。四歳になっても体長三十センチあまり、顔ばかり大きくてドスドス歩いている。やれドッグフードだ、生肉だ、肉のカンヅメだと食べさせるが、一向に変化がない。大きくならないくせに、食べるだけは二人前も三人前も食べる。食っては寝、寝ては食い、ハナをたらし、その上ものすごい臭《にお》いを放っている。その臭いはヌカミソの腐ったのに古くなったオワイの臭気をまぜて、ワキガをからめたようなものだ。彼女はまた、人の気配に吠《ほ》えたこともない。

吠えない代りに大イビキをかいてその存在を示す。一日中イビキが庭から聞こえてくるので、

「どなたですか?」

来客がいぶかしんで問う。

「犬です」

と答えると、

「へーえ」

とびっくりする。

ある日、隣で飼われている猿がやって来た。猿は塀の上から我が庭を眺め、我がブルを見つけてギョッとした。

「ヤヤッ、きゃつはそも何もの？」

といった様子で、塀から木の枝へ、木の枝から次の枝へと少しずつ近づき、怪訝《げん》そうにしげしげとブルを見つめている。しかし我がブルはそれでも平気でグウグウグウ。

放胆というか鈍感というか、私はホトホト愛想《あいそ》がつきた。

「武士は轡《くつわ》の音に眼を醒《さ》まし、犬はものの気配に吠え立てると昔から決っているのだ！」

聞えよがしに声高にいっても、相手は知らぬ顔でグウグウグウ。

「食っちゃ寝、食っちゃ寝。それでも犬か！　恥かしくないのか！」

わめいたが相手は平気で下駄《げた》にアゴを乗せた格好のまま、ウッスラ眼を開くのみ。

「桃太郎のお供をして鬼をやっつけた犬。花咲爺さんにここ掘れワンワンと教えて宝物掘り出した犬。近くは忠犬ハチ公といわれて銅像にまでなった犬もいる。そういう仲間に対して、このノラクラぶり。恥かしいと思わないのかッ！」

大声で叫べども、桃色の舌を出してグウグウグウ。なにも眠るときまで舌を出すことはないのだ。

ついに私は三浦哲郎さんに電話をした。三浦さんは我がブルと同月生れのブルを飼っておられる。奥さまが出て来られてこういわれた。

「体重は二十キロをとっくに超えていると思います。胴の長さは七十センチくらいでしょうかしら……とても利口で、日曜日なんか、私どもが朝寝坊をしていますと、雨戸に身体を打ちつけて起すんですよ」

私がどんな気持ちで電話を切ったか、お察しいただきたい。頸《くび》めぐらせてハッタと庭を睨《にら》みつければ、我がブル、ハナをたらしつつ、つつじの花を食っている。

「寝てないときは何か食べてる！　たまにはワンぐらいいったらどう！」

私の怒りがやっと通じたか、以来、彼女はときどき、思い出したように吠えるようになった。

「ワン……ワン」

すると吠えられた人は我が犬を見て、

「アハハ」

と笑う。犬に吠えられ、怯《おび》えずして笑うとは何ごとか！　笑われたブルは、嘲《ちよう》笑《しよう》されたことも知らず、ハナをたらしつつシッポふって喜んでいる。

私は腹立ちを通り越して、だんだんともの悲しくなって来た。我がブルは正真正銘のブスである。己れがブスであることに全く無自覚なブスである。そこに彼女の悲哀と同時に愛らしさが生れることに私は気づいたのである。

人間のブスのように、どうせ私はブスよ！　とふてくされることもなく、ブスを隠さんとてツケマツゲすることもない。ブスゆえガリ勉して美人を見返そうという負けん気もなく、また己れをブスよブスといい立てることによって、ブスの傷痕《きずあと》を隠そうとする魂胆もない。

天真らんまん、ありのままなるブス、ブスにこだわらぬブス。それこそ、ブスの生きる道ではあるまいか。

愛犬家の家へ行くと、どこの犬もみな美しく、利口そうで忠実、颯爽《さっそう》としている。それを見ると反射的に我が家の粗犬を思い出し、いやァな気持ちになる。私のブルが粗犬なのは私にも責任があることを思うからだ。責任があるにもかかわらず、私はただ、ブル公を罵《ののし》るのみなのである。

そのブル公がフィラリアという病気になった。入院させて帰って来たが、このところまた具合が悪そうだ。すると愛犬家はいった。

「安楽死させてやれば？」

私はびっくりして、「えっ」といったきり。

愛犬家は涼しい顔でつづけた。

「だってこんなになって可哀《かわい》そうじゃないの。ブスの上にフィラリアなんでしょ。早く楽にしてあげた方がいいわ」

「………」

「この頃は何でも簡単に出来るのよ。××さんのところなんか、あんまりよく吠えるので坊ちゃんの勉強の邪魔になるからって、声が出なくなる手術をなすったのよ」

「じゃ、吠えないの？」

「吠えることは吠えるけど、風邪ひいて声が出ないとき……あんなカンジの吠えかたよ」

「……」

「うちのはメスだから、ほら、部屋を汚すでしょ。だから、そっちの方も解決してもらったの」

「解決」ということはつまり、子宮を取り去るということなのだ。

「解決」とはうまい言葉を使うものだ。現代人はこういう巧妙な言葉のいい換えで本質をごま化すことを覚えた。「殺す」といえばむごたらしいが、「安楽死」といえばヒューマンに聞える。聞えるだけではなくて、実際にそう思い込んでしまうところがこわい。

「うちの犬、安楽死させてやりましたの。とても可哀そうで見てられなかったんです」

病犬としては、可哀そうに思ってくれなくてもいいから、殺さないでくれェ、といいたいかもしれない。

縁側に立てば我がブル公、ハナ汁ふき出しつつよたよたとやって来る。

「汚いッ！　こら！　寄るな！」

罵《のの》しれど我が粗犬、嬉々《きき》としてハナ汁こすりつける。ああ、心冷たきものぐさのこの飼い主に、尚慕い寄る粗犬のあわれ。とはいうが、かのリボンつけ、子宮取られた美犬もまた、あわれではないか。

まことの愛犬家になるのはむつかしい。せめて我々が心がけることは、自分を愛犬家だなどと思い込まないことではあるまいか。

沼島《ぬしま》のポチ

地図で見ると淡路島《あわじしま》の南の突端に、ゴマ粒ほどの小さな島が見える。沼島という島で、むかし私はそこで一カ月ほど暮らしたことがある。

その頃の沼島というところは、驚くべく何もない島で、島民はきわめて僅《わず》かなのに米、野菜のたぐいは淡路島から取り寄せなければ自給自足出来ないということだった。

島のまわりは切り立った崖《がけ》で、僅かに船つき場のあたりが開けている程度である。その船つき場の界隈《かいわい》に低い家並がゴチャゴチャと集まっている。住民の大半は漁《すなど》りをなりわいとしている人たちで、それ以外の職業にたずさわっている人といえば、郵便局長とかお医者さんくらいのものだったのではないだろうか。

私はその島の主《ぬし》(?)的な存在である坊主頭のおばあさんの家に泊っていた。おばあさんはこの島の有力者で、この島に電灯がともるようになったのもおばあさんの尽力だったという。なぜおばあさんがそんなに力のある人で、今はどういう収入で暮らしているのか、私は何も知らぬままに世話になっていた。何も知らず知りたいとも思わずに厄介になっているところが旅の趣《おもむき》というものだと私は思っている。

おばあさんの家は、村から山を越えたところにある入江に面して建った石作りの〝西洋館〟である。私はそこで毎日、同行の友人と二人で波の音を聞いて過した。何をしていたかと聞かれても答えられないような、のんびりした毎日だった。

牛小屋に牛がいて、ときどき思い出したように啼《な》く。牛小屋の小窓は海に向かって開いていて、牛はいつもその窓から海を見ているのだった。早春の烈《はげ》しい風が毎日吹いて、海は波立っている。かと思うとぴたりと風のおさまるのどかな日があって、そんな日の牛の啼き声はなぜか、そののどかさが却《かえ》ってもの淋《さび》しいのである。

私たちは山を越えて村へ買物に行った。買物といっても、キャラメルか、焼き饅頭《まんじゆう》くらいしか売っていない。山から村落へ下りる急な石段を下って行くと、必ずその下の家で犬が吠《ほ》えた。犬の姿を見たことはないが、私たちの足音を聞きつけて吠える。私たちは勝手にその犬にポチという名をつけて、犬が吠えるたびに「ポチ、ポチ」などと声をかけながら石段を上り下りしたものだ。

私が二度目に沼島に行ったのは、それから五年くらい後のことである。おばあさんは健在だった。私たちはまたあの西洋館を借りて住んだ。今度は春ではなく夏だった。八月の海は荒れるといわれ、波は前と同じように地響きを立てて入江の岩にぶつかっていた。

ある日、私は友人と買物に出かけた。山を越えあの石段を下りて行った。すると、犬の吠え声がした。あの犬だった。姿は見たことはないが、声だけ知っているあの〝ポチ〟だった。

「ポチ」

と私はいった。元気だったのか、ポチ。そう呟《つぶや》くとしみじみとした思いがこみ上げて来た。これぞ人生の妙味というものだ。こういうことがあるから旅はやめられない、と私は思った。

窓下のイメージ

あれはどこの上空だったか、西の方から東京へ向かって飛んでいるときだったと思う。

さっきまで雲に蔽《おお》われていた窓の下が、ふと気がつくときれいに拭《ぬぐ》われていて、目の下に夕暮れどきの山々が見えた。

山々といっても険しく重畳《ちょうじょう》する山脈ではない。三角や四角や横長や、大きいの小さいの、いろんな形の緑の折紙を巧みに張り合わせたような段々畠《だんだんばたけ》に蔽われた山である。

あんな所にまで……と思うような高い狭い頂上も、ちゃんと畠になっている。

いったいどんな人が、なぜ……という思いに駆られ、その段々畠の主の家を探すが、目の下には山の重なりがあるばかりで、集落はおろか一軒の家も見えない。

と、そのとき、一筋の白い煙が山峡から真っ直ぐに立ちのぼるのが微《かす》かに見えた。その煙の家は見えないが、もしかしたら段々畠の主が夕餉《ゆうげ》の支度にとりかかった煙かもしれない――。

そう思う間に段々畠は視界から外れ、山の腹に細帯のように巻きついている小径《こみち》を、赤いスクーターが走って行くのが小さく見える。あの赤いスクーターは速達を運ぶ郵便配達さんの車で、彼の行く先は立ちのぼる一筋のあの煙の家、段々畠の主の家かもしれない――。

そんな想像をめぐらせているといつか私の心は優しく柔らかくなり、ああ、人はみな、それぞれ一所懸命に生きている、こうしてそれぞれの暮らしを営んでいる、いじらしいなあ、という感慨が湧《わ》いて来るのであった。

いじらしい、などとえらそうな感想を抱くのも、目の下の風景や人があまりに遠く、小さいからであろう。

山また山。黒い高波のように重なり合う東北の山岳地帯を上空から見下ろしたときもそうだった。目の下の山々の険しさ、大自然の厳しいたたずまいに威圧されてただ呆然《ぼうぜん》と見下ろしている私の目に、思いがけず数軒、屋根を寄せ合った集落が現れた。

まさか、そんな所に住む人がいるとは思えないような険しい山襞《やまひだ》の裾《すそ》である。

——あんな所にまで、人がいる！

それは自然と調和して生きているというのではなく、自然に喰《く》らいついて生きているように見える。人間の生の営みの、その強き執拗《しつよう》さに私は胸を打たれずにはいられない。

私はまた、一望褐色に枯れ果てた広野の中の一筋の道を歩いて行く黒い犬を飛行機の窓から見たことがある。そこはどこの上空だったかは思い出せないが、北海道のローカル空港に向かって降りようとしていたことだけ憶《おぼ》えている。

視野の中の広野には人っ子ひとり見えなかった。ただ、犬だけが歩いていた。あの犬はどこから来てどこへ向かっているのだろう。何を思ってああして歩いているのだろう——。

飛行機は旋回して犬の姿は視野から消えたが、やがて再び小さく現れて、黒い点となって褐色の中に消えて行った。

あの犬はどうしただろう、と飛行機で北海道へ向かうたびに私は思う。季節は廻《めぐ》って、窓から見下ろす北海道の原や畑は緑一色に潤《うるお》っているのに、なぜか私の脳裡には褐色が浮かんできて、あの犬への懐かしさが胸にひろがるのである。

残酷な話

この頃、街で珍妙な犬をよく見る。ゼンマイ式のオモチャが歩いているのかと思ったら、本モノだったり、買物籠のレタスのかげなどから、パッチリした黒い目玉を覗《のぞ》かせたりしている犬を見ると、

「お前さん、それでも犬のつもりかい。しっかりおし！」

といってやりたくなる。私はああいう犬を見ると、ふみつぶすか八ツザキにしてやりたくなるのである。

昔なつかしい花咲爺のお話に出てくる犬、桃太郎のお供をした、あのシッポをキリリと巻いて、注意深く耳を立て、いかにも素朴な、とがった口をした犬はい

ったいどこへ行ってしまったのだろう。あれこそ人間のオモチャではなく、人間のよき友として〝独立〟している犬だった。〝犬〟として存在している犬だった。

子供が小学校へ入学したとき、久々に犬を飼おうと思って方々へ頼んだが、私の好きな雑種犬というのが全くいないのには驚かされた。犬をあげるという人は沢山いるが、みな、犬らしさを失った人工犬ばかりなのである。そうして必ず「買えば×万円ぐらいはするでしょう」という科白《せりふ》がついているのが面白くない。私は犬に金を出すのは嫌いだ。犬は人間の友である。友を金で買うわけにはいかないのだ。

ある日、賢くておとなしいから是非、飼いなさいと推奨されて見に行った犬を見て、私は呆《あき》れた。胴が土管のように長い。その前と後にワニのような短い脚がついている。あまり胴が長いので、まん中へんにもう二本、脚が必要なのではないかと思うほどだ。聞けば穴熊《あなぐま》をつかまえるために、穴熊の穴に入って行き易いよう、人間にこしらえられた犬だという。

ああ、人間はいったいどこまでいい気になっているのか。どこまで自然を侵《おか》せば気がすむというのか。人間はこの侵害を進歩だと思い、文化だと思っている。犬が犬らしさを失ったのは犬の責任ではなかった。私は愛玩犬を見るとふみにじりたい衝動にかられる。しかしこれは犬にしてみれば、はなはだ理不尽《りふじん》な怒りだというにちがいない。

カナリヤは黄色いものとむかしは決まっていた。それなのにこの頃は赤いカナリヤがいる。だがいったい、何のために赤いカナリヤが必要なのだろう？

自然を破壊し人間性を奪うものは戦争ばかりではないのに、人々は口を開けば戦争だけを呪《のろ》う。平和と安逸の中の文化生活というものもまた、徐々に人間の心をうちこわして行くものではないのだろうか？

全くイヤな世の中になったものだ。教師らしい教師、学生らしい学生、男らしい男、女らしい女がいなくなったと同様に、犬らしい犬、猫らしい猫が姿を消しつつある。今に鼠《ねずみ》が猫を追いかけるようになるだろう、といったが、誰も笑わなかった。それは現代ではもう、ユーモアではなく、あり得る現実として感じられる話となりつつあるのである。

2　犬の事件簿

姑《しゅうとめ》根性

我が家に新顔の犬が一匹増えた。

その名をピーコという。なぜピーコが我が家に来たかといえば、前述の我がブルドッグのベティが、あまりにグウタラ、ノラクラ、無能大食、クソ役にも立たぬ粗犬であるためである。

先般、私の家には白昼、強盗が侵入し、同居の甥《おい》夫婦が縛り上げられるという大事件が起った。

甥を縛り上げて金を奪った賊が土足のまま入って来たので、私はすぐテラスへの出口に走り、賊をふり返って、

「いったい、あなたは何だというんですッ！」

と大声で（凜然《りんぜん》と）怒鳴った。その怒鳴り声は一丁先まで聞えるほどであったと自分では思う。賊は短刀をお手伝いに突きつけ、何もいわず私をじっと見ている。

まさに私の身は未曾有《みぞう》の危難に晒《さら》されたのだ。

そのとき、ベティはどうしたか。

彼女はいつもテラスへの出口（私が立っているそのあたり）に寝そべって、サンダルをアゴの下に敷いてイビキをかいているのだ。犬小屋があるのに朝も昼も夜もそこにいる。

なのに、そのときに限ってベティの姿はなかった。ベティはどこへ行っていたのか。ベティは犬小屋の中に隠れ、片眼を覗《のぞ》かせてこっちを見ていたのだ。

後で考えるとベティは私の大声にびっくりし、自分が叱《しか》られたのかと思って小屋に逃げ込んだのかもしれない。しかし、それは同情的な見方であって、本当は短刀持った強盗を怖れて逃げたのかもしれぬ。

仕方なく私は甥の寝室に向かってテラスを走った。私が走ると、いつも一緒に走るベティは、相変らず引っこんだままである。甥の寝室のガラス戸を叩《たた》いて、私はあっと驚いた。甥のヨメサンが縛られ、サルグツワを噛《か》まされている。

「デンワ、キラレタ」

と、いう声がサルグツワの下から、辛うじて聞きとれたのである。

私は塀を乗り越え乗り越え一一〇番しに走った。パトカーが来、数十人の警察官がどっとやって来た。ふと見ると、ベティの奴《やつ》が庭にいる。ニコニコと耳を後ろに倒し、往《い》き来する警察官を眺めているではないか。さっきまで姿も見せなかったくせに、これで安全となると、ノコノコ出て来て頭など撫《な》でてもらっている。

私は報道関係の人、見舞客、警察の人からこう聞かれた。

「犬はいないんですか？」

「いるんです。いるんですけど……」

そういって庭をキッと睨《にら》む。

「あの犬です」

「ほう、ブルドッグですな。これなら吠《ほ》えなくても顔見ただけで逃げたくなる」

「それが顔出しをしないんですよ。……犬小屋に隠れて、片眼で覗いていたのです」

みんなはどっと笑う。笑ってベティを見る。ベティは嬉々《きき》としてお尻をふってみせる。この犬は尻尾《しっぽ》が短いので愛想《あいそ》を表現するときはお尻をふるのである。

「あんた、嘲笑《ちょうしょう》されてたのよ！」

私はベティに怒鳴った。

「何を喜んでるのよ！　嘲笑されて……恥を知りなさいよ。恥を……」

「ワン……ワン……」

「何を今頃吠えてるの、アホ！」

警察の人は苦笑して、

「もう少し何とか、マシな犬をお飼いになることですなあ」

私は早速、知り合いの犬のお医者さんに電話をかけた。事情を話すと、雑種ですがとても利口《りこう》でよく吠える犬がいます、との返事である。

数刻後、その犬がやって来た。それがピーコである。

ピーコは全く、颯爽《さっそう》という感じで現れた。足は猟犬のように長く細く敏捷《びんしょう》そうで、顔はコリーのごとく、ノーブルで考え深い眼をしている。ピーコは颯爽と登場し、我々の見守る前で、

「ウオオン　ウオオン！」

と最初の一声を放った。とその瞬間、木戸が開いて出入りの銀行の人がヘッピリ腰で顔を出す。

「だいじょぶですかァ……」

「わッ！　さすがァ！」

一同は感嘆のどよめきを上げる。考えてみれば犬が吠えるのは当り前のことなのだが、ベティのようなノラクラ犬を相手に暮していると、吠えるというだけで特別に優れた名犬のように思って感激してしまう。

ピーコはもの珍しげにノコノコとやって来たベティなど眼もくれない。尻尾をキリリと巻いて、表の気配に耳を立てている。

「見るからに利口そうな犬ねえ」

「実に上品だなあ」

「これぞ、まことの犬ですよ」

我々は口々にピーコを褒《ほ》めたたえた。

「それにひきかえ、このベティ」

「醜婦の上にアホ。大飯喰《ぐら》い。大イビキ。臭気フンプン。何です、このコークスみたいな鼻は」

「よしよし、ピーコ、ピーコ、あんたは利口だねえ。よく泥棒の番をして下さいよ」

わざとピーコの頭を撫で、腹を掻《か》いてやり、これ見よがしに可愛《かわい》がりつつベティの方を見る。

「ホントに何から何まで違うのねえ。同じ犬でも雪と炭」

いうならば、姑さんが長男の嫁にあてつけて、新しく来た次男の嫁を褒めそやすあの気持ちと同じである。

「おかげさまで、次男の方はいい嫁が来てくれましてねえ。器量はいいし、とても利口な子でねえ。よく気がつきますの、働き者で……これで私もラクが出来ると思って喜んでおります。何しろ、今までは……ご承知の通り（ここでウス笑い）ですからねえ」

褒められるものだから、次男の嫁はますますはりきって、すべてにソツなく落度がない。長男の嫁は台所の隅《すみ》で口惜し涙にかきくれつつ、ああ、どうして私はこんなだろう。自分ではお姑さまに一所懸命に尽くしているつもりなのに、どうしてもわかってもらえない。私ってホントにダメな女……と自己嫌悪《けんお》に悩み、いっそ家出を、などと考えたりしている……筈《はず》なのだが、うちのベティは平気で大イビキかいて寝ているところが、よその長男の嫁とは違う。私は躍起になって、

「また寝てる！　恥しらず！」

折しも表を通る足音がしてピーコは猛然と吠え立てる。近所の犬も呼応して吠える。ベティはと見ればウッスラ眼を開いたまま、グーウ、グーウと大イビキ。

私は呆《あき》れて怒る気力を失った。

この話、もしかしたら、「うるさい姑を黙らせる方法」の参考になるかもしれませんな。

犬たちの春

ある日気がつくと、チビとタロウが仲よく南の庭にいるではないか。チビはタロウの口のあたりを丁寧に嘗《な》めてやったりしている。

「チェッ！」

私は憤《いきどお》った。チビは交尾期に入ったのである。

「何をイチャイチャしてるんだ！　ついこの間までイジワルの限りをしていたのに、この勝手者め！」

私がタロウなら冷然とはねのけて立ち去るのだが、そこがオトコの浅ましさ、ベタつかれると邪慳《じゃけん》にされた怨みも忘れて、鼻の下をノバしてるのが情けない。

タロウは今まで北の庭にばかりいたのが、南の庭にも来るようになった。ポカポカと日当りのいい芝生で、タロウは全身をチビに嘗めてもらい、竜宮城へ行った浦島太郎もかくやと思える夢見心地、といった趣《おもむき》である。

そうして、五月、チビは仔犬《こいぬ》を二匹産んだ。

タロウはお父さんになったのである。ところがその日より、お父さんは再び北の庭へ逆戻りの運命を辿ることになる。チビにはお父さんはもう必要でなくなったのだ。

タロウがおずおずやって来ると、チビはウゥーと唸《うな》って追い返す。産後で気が立っているのかと思ったが、仔犬が乳離《ちちばな》れして庭を走り廻《まわ》るようになってもまだタロウは辛《つら》く当られているのだ。チビは仔犬が自分のご飯を取りに来ると一歩譲って食べさせているくせに、タロウのご飯の肉は取りに行く。

チビは多分、タロウが好きじゃないのだ。好きじゃないが、ほかに男がいないいから、とりあえずタロウを相手にした。
――フン、こんなオトコ！　大飯喰《ぐら》いのお人よし！
自分も雑種犬のくせして（器量もタロウより悪い）、えらそうにそう思っている
らしい様子である。
だがタロウは怒らない。北の庭に寝そべって、チリ紙交換が来ると、オゥーオ
ゥーオーと暢気《のんき》に合唱している。チビはその愚行を嘲《あざわら》うように沈黙していて、門
前に人の気配がするや、いち早く走って行って吠《ほ》え立てる。
どう？　あたしはこんなに賢いのよ！　役に立ってるのよ！　といわんばかり
に。
そんなとき、ある女性週刊誌からコメントを求める電話がかかって来た。
「男はなぜあんなに威張るんでしょうか」
そういう質問である。

「威張る？　そうですか。私には今の男は威張っているとは思えませんけど、やっぱり威張ってます？……」

そう答えながらふと思った。男が男社会を作ってやたらに威張るようになったのは、もしかしたら女の身勝手さにふり廻された揚句、発憤奮起した結果かもしれない。女の色に迷ってしまう悲しいその性《さが》をいかんともしがたくて。


さて、二匹の仔犬はすくすく成長して悪戯《いたずら》盛り。庭は穴だらけ、フンだらけになった。ヘチマ棚の根元は齧《かじ》る。庭下駄《げた》はどこかへ持って行く。隙《すき》あらば家へ上って来て、普段は使わない奥座敷の客用座布団の上に、フンが干からびている、という有様になった。

私も娘も家政婦のおばさんも、人さえ見れば「犬いらない？」が口癖になった。しかしマンション暮しの人の多い東京では、座敷犬はともかくとして雑種犬など飼う人は極めて少なくなってしまったことを知らされただけである。やれ、プードルだ、チワワだ、シーズーだ、ポメラニアンだと、血統書付きの犬なら売れるが、雑種犬など、餌代《えさだい》をつけるからといっても断られる。

「何種ですか？」

「雑種です」

「はあ……雑種ねえ……雑種は丈夫なんですがねえ……」

丈夫だけがトリエ、といわんばかりにいわれると、なんだ、自分は雑種のくせに、犬ばかり血統書付きを飼ってもしようがないだろう、といいたくなってしまう。

「で、お産はどうしたんです？」

「どうしたというと？」

「入院させたんですか？」

「入院？　何のために？」

「だってウチの犬は入院させましたのよ。ひとりじゃ産めないから……」

「なんですって！　ひとりじゃ産めない？　犬がァ！」

と私はびっくり口アングリ。犬といえば安産の象徴になっていて、昔から妊婦は戌《いぬ》の日に腹帯をつけて安産を願う風習があるほどである。なのに、

「ひとりで産んだの？　エライのねえ……」

といわれる。そんな犬が増えているのだ。まったく、犬どもなにやってるんだ、といいたくなる。

ところで、我が家の仔犬、貰《もら》い手がないので仕方なく夏を待って、北海道の別荘へ連れて行った。飛行機代、二匹で八千円だ。北海道は広いから貰い手はいくらでもあると思ったのに、

「なに雑種犬？　いらね」

とニベもない。仔犬は広い草原を喜んで走り廻っているが、飼い主の私は暗澹《あんたん》としている。東京の家にはタロウとチビがいる。その二匹に餌を与えなければならないので、留守中、たいして用もないのに家政婦さんが来ている。あの出費、この出費、考えるにつけてもだんだんケチになり、仔犬の餌なども、近所から貰うとうもろこしを残飯の中にどさっと入れるようになったため、あちこちに「とうもろこしそのままのウンコ」が転がっているという有様。それでも犬どもはすくすくと成長し、あっという間に大きくなってしまった。貰い手がなければ、この大きくなった犬をまた、東京へ連れて帰らなければならないのである。

私の苦衷《くちゅう》を見かねた町会議員の小野寺さんの奔走の結果、漸《ようや》く貰い手が見つかって、二匹は別れ別れに貰われていった。既に秋である。邪魔にした仔犬ではあるけれど、別れとなれば眼が潤《うる》む。ここが人生の厄介なところだ。

ともあれこれで片づくものは片づいたのである。やれやれと、東京へ帰って来た。上機嫌で門を入る。そしてあっと叫んだ。目の前にチビとタロウがお尻をつなぎ合せて、怨めしそうな眼で私を見上げているではないか！

その怨めしげな上目遣《うわめづか》いは、主人の苦労を知りつつも煩悩に負けた己が姿を慚《ざん》愧《き》しているようでもあり、また、ふてくされているようでもある。

「なによッ！」

思わず叫んでコブシをふり上げ、怒る我が身の滑稽さに気づきながらもガラガラピシャリ！　憤怒と共に玄関の格子戸を力委《まか》せに閉めたのであった。

かくして十一月中旬のある朝、起きて見ると仔犬が生れていた。今度は四匹もいる。牡《めす》犬と牝《おす》犬がいれば仔犬が生れるのは当り前のことでしょ、と友人たちは憤怒する私を嗤《わら》う。だからいわないこっちゃない。早いうちに避妊手術をすればよかったのよ、と口を揃《そろ》えていう。

確かにその通りである。避妊手術を施しておきさえすれば、こういう騒ぎにはならないのである。

「いったいなぜなの？　あなたという人はいつも好んで困った事態を惹《ひ》き起そうとしているとしか思えないわ」

と同情がない。

「いや、そんなつもりじゃないんだけれど、つまり、私は、人間の都合で犬の自然を侵《おか》したくはないのよ」

「それなら犬の自然を尊重した結果を、素直に受け容《い》れるしかないわネ！」

と私は突き放された。

突き放されて、今は仕方なく早起きをして六匹の犬に朝飯を与える。元旦から犬の飯炊きだ。そういってこぼすと友達はいう。

「そんな面倒くさいことしなくても、ドッグフードをやればいいじゃないの。牛肉だって鶏のレバーだって、犬用の缶詰、成犬用と仔犬用もちゃんと売ってるじゃないの」

それは知ってるけど、犬だって毎日、同じ味ツケじゃ楽しくないだろうと思うのだ。味噌味、醤油味、魚味、肉味、野菜味、いろいろ変化があった方が楽しいじゃないか。

「あなたってどうしてそう、自然に逆《さか》らうのよ？」

「自然に逆らう？」

自然とはそも何ぞや、という問題に話は発展する。時流と自然をごっちゃにしないでほしい。私にとって大切なのは、この場合、犬にとっての自然さ、私にとっての自然なのです、といえば、犬にしてみればセックスしたら憤怒されたり、ブツブツ文句をいわれながらご飯貰うんじゃちっとも有難くないだろう、といわれた。

「犬好きですか？」と質問されると私はいつも答えに窮する。私のような飼い主を愛犬家というのかどうか、よくわからない。わかっていることは、このままで行くと、今に我が家は犬屋敷になってしまうだろうということである。

それにしても、迷い犬は福を持って来るなんていい出したのは、どこのどいつだ！

タマなしタロウ

――仕方ない、タロ公のタマを抜こう！

私はほとほと、一升飯を食う犬どもの飯炊きに疲れたのである。それに加えて庭の荒れよう。四匹の仔犬《こいぬ》は悪戯《いたずら》盛り、まるでグレムリンだ。大切にしていた牡《ぼ》丹《たん》の木は根元から齧《かじ》られ犬小屋に入れてある毛布のたぐいは片端から噛《か》みちぎられて庭中に散乱している。飯どきになると四匹が一斉《いっせい》に啼《な》き出してガラス戸をかきむしり、餌《えさ》を与えようと戸を開けるとどっと押し入ってくる奴《やつ》を、一匹投げ飛ばし、一匹蹴《け》飛ばし、一匹を踏んづけ、鍋を片手に怒鳴りまくる。

こうして私が四匹の仔犬と闘っている間にも、チビはそろそろタロウにイロ目を使っている気配で、このまま行けば三月か四月にはまた何匹かグレムリンが増えること必定《ひつじょう》である。

そうしたくはないので今日まで我慢して来たが、このままでは私は犬の下僕《しもべ》となり果てる。やはり世間の人がしているように、避妊手術を施すべきであろうかと迷いはじめて、近くのアニマルクリニックの美人女医さんに相談したところ、

「そうですねえ。牝《めす》犬のお腹を切るより、牡《おす》のタマを取った方がカンタンですわネ」

といともカンタンにおっしゃった。あまりカンタンにいわれたものだから、ついこちらもカンタンに、では、タマヌキをお願いします、といってしまったが、帰るさの胸のうちは暗澹《あんたん》としている。

あわれタロ公。

我が家へ迷い込んで来たばかりにタマを抜かれるのである。いったいタロウが

どんな悪いことをしたか。彼は何も悪いことをしていない。気に入らぬことといえば、大飯喰《ぐら》いであることだけで、どう見ても利口《りこう》な犬とはいえないが、おとなしくて気のいい犬である。

いつも意地悪の賢いチビに一歩を譲って、嫌われれば北の庭へ行き、チビに発情期が来たときだけ南の庭へ来させてもらってる。そしてスルことをスルとまた邪慳《じやけん》にされて北の庭。放浪癖からか、居候の身の遠慮からか、大枚二万四千円で購《あがな》った犬小屋にも入らず（それは今、グレムリンどもが占領している）、八ツ手の蔭に穴を掘って厳冬もそこで寝ている。

あまりに寒い夜は、可哀《かわい》そうに思って部屋の中へ上げてやると、ストーブの前に仰向け、暢気《のんき》に大の字になってタマあぶりの姿勢。「アブキンのタロウ」と名づけられたゆえんである。

そのアブキンタロウ、これからはあぶるにもタマはないのである。いったい、タロウにとって、この家へ迷い込んで来たということは、幸福であったか不幸だったか、私は考えずにはいられない。この家へ迷い込んで来たばかりにタロウはタマを抜かれるのである。

更に考えてみれば、この家に来ても、チビさえいなければタマを抜かれる羽目には陥らなかったのである。チビの奴が発情しては、誘いの香を発してタロウをそそる。哀しき凡夫、アブキンタロウがそれに反応してしまうのは果して彼の責任か？　彼は神の摂理に従わせられているだけではないか。

一方、人間の男はどうであるか。人間の男の中には、神の摂理とは無関係にいたずらに欲情し、女の方で誘いの香を流しているわけでもないのに、図々しくも迫ってるのが沢山いる。

タロウはチビさえいなければ、不犯《ふぼん》の生涯、タマを抜かれることもなかったであろうに……。

私がそう慨嘆すると、新進気鋭の女性編集者のIさんはこういった。

「しかしたとえタマを抜かれることになっても、オトコとして生きたという実感、その満足は不犯の生涯にまさるのではないでしょうか？」

こういう意見が若い女性の口から出るようになったということに、私は改めて時代の進歩を思わずにはいられなかったのである。

さて、ついにタマヌキの日が来た。

その朝、私が二階の寝室の窓を開けると、タロウは何も知らず、庭から窓を見上げて尻尾《しっぽ》を振り、ニコニコと朝の挨拶《あいさつ》を送るではないか。

カルーセル麻紀は自分の意志でタマを取った！　だからそれでよい。しかしタロウは「何も知らずに」タマを取られるのだ。

「もしタロウに意志あらば、タマヌキを選ぶだろうか、それともこの家を出て行くことを選ぶだろうか……」

娘と二人でタロウを連れてアニマルクリニックへ向かいながら、まだ私の胸は釈然としない。

「それはタロウはタマヌキの方がマシだというわ。だってうちを出たら最後、どんな目に遭《あ》うかわからないんだから……」

タロウは久しぶりの散歩に、アッチの電柱、こっちの塀とオシッコをひっかけながら嬉々《きき》としている。アニマルクリニックの美人女医さんは、

「あら、元気のいい犬ですネ、そこへ置いといて下さい。やっときますから」

何だか靴の修理屋へでも来たよう。夕方の六時に取りに来いということで、私と娘は家へ帰った。

六時に娘が迎えに行く。待っていると、思ったより早く帰って来た。

「タロウ！」

と叫んで出迎えた。何だか目をショボショボさせている。後ろ足をガニ股にし

て、ヨロヨロ入って来た。娘に聞くと、タロウはクリニックの階段を降りたところで、転んだとか。ストーブの前に坐《すわ》らせる。ションボリと浮かぬ顔で我々を見る。

いったいその身に何が起ったのか、彼にはわからないのである。わからないが、胯間《こかん》がジンジン痛んでいるらしい。そんな顔だ。タマを抜いたあとがどうなっているのか、私も娘も見る勇気がない。「だってタロウに悪くて」と娘はいう。私も同じ気持ちである。

タロウは二晩、ストーブの前で過した。ストーブの前にいるタロウを、ガラス戸の向こうからチビがグレムリンどもを率いて覗《のぞ》いている。なんでタロ公ばっかりいい思いをして、この野郎、と思ってるのかもしれない。

こうしてアブキンタロウは「タマナシタロウ」になった。タロウはストーブの前で、大の字にならなくなった。あぶりたいにもあぶるモノがなくなったためだろうか。それとも暢気な気性を失ったためなのか。三日目、勇《ゆう》を鼓《こ》して見ると、タロウのふぐりはひからびた梅干しみたいになっていた。もしかしたらタロウはそれを恥じて、大の字に寝ることをやめたのかもしれない。そう思うと私は慚愧《ざんき》に堪えない。

可哀《かわい》そうなのはどっち？

あちこちで、我が家の六匹の犬（親二匹、四匹の仔犬《こいぬ》）の愚痴をこぼしたおかげか、入間《いるま》市の渡部さんという奇特なお方が手紙を下さって、漸《ようや》く一匹が捌《さば》け、あとの二匹は家政婦さんの尽力で行く先が決った。残ったのは映画『グレムリン』の中で親分格のワルである「ストライプ」に似ているので、そう名づけたメスのブチである。

生れた頃は四匹のうちで一番小さくて、母犬のオッパイを飲むときも仲間に押し退《の》けられて弱々しかったのが、なぜかあるときから急に厚かましくなってみるみる身体が大きくなり、目のまわりを隈《くま》どっている黒い毛が目尻を吊《つ》り上げているように斜めに切れ上って、見るからに、にくにくしい「わるさ」という顔つきになった。

私も娘もこやつが好きでない。折角、炬燵《こたつ》で抱いてやろうとしているのに、片時もじっとしていない。手の中から踠《もが》いて飛び出してそのへんを駈け廻《まわ》り、どこかへ走って行ったと思うとやにわに現れて、背中から肩へかけ上る。

「うるさいッ！」

と怒鳴ってふるい落すと畳の上に転げ落ちるが、平気でおしっこを撒き散らしながらそのへんを走り廻る。

犬の貰《もら》い手がつくたびに、

「この犬は元気ですよ。何の心配もいりません。すくすく育ちますよ」

と推奨するのだが、貰い手の方もなぜか欺《だま》されず、

「はあ、そうですか……ではこっちを」

とほかの犬を連れて行く。

そうして三匹がいなくなって、ストライプめが残った。誰からも好かれず、売れ残ったことを恥じもせずに、忙しく庭に穴を掘ったり、いつの間にか持ち出したスリッパを噛《か》んだりしてひとりで機嫌がいい。同胞《はらから》がいなくなったことを寂しく思って元気がなくなると思いきや、これでひとのメシを取りに行くために、ウロチョロする必要がなくなったことを喜んでいるかのようだ。

「あの〝ウス茶のチビ〟どうしてるかしら」

「あの犬は賢いから可愛《かわい》がられてるでしょ」

「大平さん（顔が平たく目と目が離れていて元首相の大平さんに似ていたオス犬）は可愛かったわね」

「あのムクも可愛かったわよ。おとなしくて……」

聞こえよがしにいうが、その間もストライプは忙しく駈け廻っていて、飼い主に疎《うと》まれていることにも気がつかないのである。

「こら、よく聞きなさい！　わたしゃ、お前がキライなのよ！」

いくらいってても馬耳東風。そこいら中走り廻りながら、突然肩にかけ上って忙しく首筋を嘗《な》めまわし、髪を噛んで引っぱる。

「いたいッ！」

こっちは本気で腹を立て、頭を殴って庭にほうり出す。ほうり出されて転がったついでに走り出して、母親のチビのところへ噛みつきに行き、

「ウワン！」

一喝されている。親にも嫌われているのだ。

ところが、この憎まれものを、嫌っていないのが一人、いや一匹いる。父親のタロウである。タロウはストライプを我が子と思っているのかどうかわからない

が、追いかけっこをしたり、ふざけたり、仲よくしてやっているのだ。二匹がふざけているのをチビは、

「ふン！」

といった顔で横目で見てニガニガしげ。二匹が近づいて来ると、プイと立って遠くへ坐《すわ》り直す。

昨日も私が縁側に腰かけてチビを撫《な》でながら日向《ひなた》ぼっこをしていると、タロウが寄って来た。と見るや、チビは、

「ウワンッ！」

猛烈な勢いでタロウを威嚇《いかく》する。タロウは驚いて逃げて行き、向こうの日陰から寒そうにこっちを見ている。

そういえば去年の今頃は……と私は思い廻《めぐ》らした。去年の今頃は、チビとタロウはこの南の庭で仲睦まじく並んで寝そべり、チビはタロウの口のあたりを丁寧

に、さもいとしげに嘗めてやったりしていたではないか。

タロウはそれを憶《おぼ》えていて、春先になったら、南の庭でチビに優しくしてもらえると思って常住の場である北の庭から南の庭へやって来たのだ。だが今年は去年とどうも様子が違う——タロウはとまどいを覚えつつ、その理由がわからぬままに、そっと近づいてみては叱《しか》られている。

チビはイライラしているのである。季節は廻ってチビに発情期が来たのだ。チビはタロウを明らかに迎え入れたい。

ところがタロウの方は去年と違って、どこ吹く風、という趣《おもむき》である。チビがいかに発情の匂《にお》いをもって誘ってもタロウは知らん顔をしている。

「なによ！　それでもオトコなの！」

とチビは憤懣《ふんまん》やるかたない。

「どしてダメになったのよ！　どして、どして、どして！」

と詰め寄りたいところだが、誇り高いチビはそうはいえずにムクれていて、そして時折ヒステリーが爆発するのだ。

だがタロウの方にしてみれば、チビが何をムクれているのか、なんでチビがヒステリーを起すのか、さっぱりわからない。

「それでもオトコなの！」

と難詰《なんきつ》されても答えようがないのである。タロウには己が身に起ったことが何なのか、チビの春の誘いに対して何も感じないのは、飼い主のために大事なタマを抜かれたためであることなど何も知らない。

「なんでこいつはこうも気が立っとるのだ！」

と思っているだけだ。元来、ノンキなタチなので、チビに叱られても気に止めず、遠く離れた日陰で機嫌の直るのを待っている。胯間《こかん》のひからびた梅干しみたいなフクロの残骸が、悲劇の根元であると気づくわけもない。

そうしてチリ紙交換の呼声に合せて、ウーオーウーと吠《ほ》え、ストライプが来るといそいそと遊ぶ。

可哀そうなのはチビの方なのか、タロウの方なのか。

私は考え込まずにはいられない。

3

動物たちへの詫び状

熱《ねつ》涙《るい》

ドラマやテレビニュースなどに幼な子が出て来ると、特別に憐《あわ》れな話ではなくても、わけもなく泣けてくる、といった人がいる。

「これはきっと年をとったせいよ」

「そうね。年をとると涙もろくなるわねえ。私は犬とか猫とか、利口《りこう》な動物が出て来ると泣けてくるの。動物の親子愛とか、人間との友情とか……」

ともう一人がいう。

「私は『イルカの日』っていうイルカの映画を見て、泣いて泣いて……映画館を出て地下鉄に乗ってもまだ泣いてたことがあったわ」

『イルカの日』は、海洋動物学者に育てられた「ファー」という名前のイルカが、人間と話が出来るようになり、それを知ったワルモノに利用されようとする。しかし賢いファーはワルモノの裏をかいてその船を爆破させる。海洋学者はファーの命を守るために外海に放す決心をしてファーと別れる。

「あのイルカがねえ、『ファー』と呼ばれると、『パー』と答えるのよね。パーっていうのはとうさん、ってことね。最後に、『パー』という声が波間から聞えてくるの、そこがたまらないの」

そしてその人はファーの真似《まね》をして、

「パァー」

と妙な裏声を出した。

その声を聞いた限りでは、それほど泣くような映画とも思えないのだが。

「で、サトウさんは？　あなたでもやっぱり泣くことある？」

あなたでも、とは何だ。私だって木石《ぼくせき》ではない。感動すれば大いに泣く。

「私は『ドーベルマン・ギャング』を見て泣いたわ」

「『ドーベルマン・ギャング』って、ワルモノがドーベルマンを使って銀行を襲撃させる話でしょう？」

それがなぜ泣けるのか、と相手は不思議がる。よく訓練された五匹のドーベルマンが犬にだけ聞えるという音波を出す飼い主の笛に従って、一匹ずつ銀行へ入っていき、人々を威嚇《いかく》して胴にくくりつけられた袋の中に札束を詰め込ませ、順々に引き上げていく。いかにも賢げに耳をピンと立て、山奥のワルモノの巣窟《そうくつ》に向かってまっしぐら。ひた走りに走る。その一心不乱の姿に私は泣けてくる。

『101匹わんちゃん大行進』だったか、犬が勢揃《せいぞろ》いしてワルモノを追いかける。あれはアニメーションだったが、それでもそこで私の涙は溢《あふ》れたのである。

「人さまざま、涙さまざまねえ」

と相手の人は感心し、

「うちの手伝いのおばあさんは水戸黄門《みとこうもん》が印籠《いんろう》を出してワルモノが平伏すると泣くのよ」

といった。

「私は忠臣蔵で内匠頭《たくみのかみ》が切腹の場へ行く渡り廊下の場面になると、もう涙が出てくるの」

と別の人。

「どうして？」

「主君に一目会いたいと片岡源五右衛門《かたおかげんごえもん》がこっそり庭先へ来てうずくまっているのよね。渡り廊下にふと立ち止って散りしきる桜を見つめる内匠頭。思わずにじり寄る片岡源五右衛門。互いに見交わす顔と顔。無言のうちに臣を思い主君を思う心が通い合う……あすこはもうたまらないの」

「そう、あすこはホントに泣かされるわねえ。サトウさんは？」

私にも忠臣蔵を見て泣くシーンがある。それは東海道を早駕籠《はやかご》が走ってくる場面である。

海辺の道。松林の向こうをエッホ、エッホ、掛声《かけごえ》勇ましく疾走《しっそう》する駕籠屋。そのエッホ、エッホを聞くと胸にグーッと来るのだ。

駕籠屋も必死なら駕籠に乗っている萱野三平《かやのさんぺい》も必死。ヘトヘトで中継地に走り込むと、次なる駕籠屋が待ちかまえていて、萱野三平は転がるように新しい駕籠に乗り込み、元気いっぱいの掛声が、

「エッホ、エッホ！」

と走り出す。私はこの駕籠屋の勇ましさに感激せずにはいられない。

「駕籠屋がんばれ！」

叫ぶとハラハラと涙が落ちるのである。お家の一大事、萱野三平が必死になるのは当然のことだが、何の関係もない駕籠屋がかくも真剣に走るという点に私は胸打たれる。単に「酒手《さかて》を弾む」といわれただけでは、あのように走れまい。中継地点で駕籠を下ろすや、駕籠屋は一斉《いっせい》に地面にひっくり返ってノビてしまう。それくらい死にもの狂いで走るというのは、これぞ駕籠屋魂《だましい》でなくて何であろう。

「この駕籠屋の姿を見よ！」

と私はノタリノタリと自転車を走らせている郵便配達の若者にいいたくなるのである。

「なんだかサトウさんは、走ってる場面にやたらと感激するみたいねえ」

と私はいわれた。

「いや、必ずしも走っているからといって感激するとは決まっていないのよ。誰のためでもない、欲得越えて一心不乱、という姿に感動の涙が流れるのです」

「じゃあ、パニック映画なんかで、勇敢な主人公が欲得なしに人を救おうとして危険に挑戦するわね。あれなんかにも泣くでしょう？」

ところがそうではないのだ。

パニック映画を見ていると、感動どころかシラけて腹が立ってくる。

というのも、パニック映画の中には決まって産み月の妊婦がいる（あるいは心臓病のばあさんがいる）からで、パニックのさなか、今にお産が始まるぞ、と思って見ていると、案の定、

「あっ……うっ……ああ……」

とお腹を押えて玉の汗を流す（あるいはばあさんがぶっ倒れる）。

やがてオギャアオギャアと赤ン坊の泣き声が響きわたり、その声に人々は

〝恰《あたか》も未来への希望を見出したかのように〟顔を明るませ、それまでエゴイストだった人間、悪党なども皆、かわるがわる赤ン坊を抱いて微笑《ほほえ》む――。

――どうだ、感動的だろう！　という製作者の顔が見えて、落涙《らくるい》するどころかシラけてしまう。

駕籠屋は人を感動させようと思って走っているわけではない。駕籠屋を演じている俳優もまたしかり。ドーベルマンもまたしかり。私はそのひたすらなる無私の熱演に熱い涙を流すのである。

権べぇ騒動

浦河《うらかわ》に夏の家を建てて、三度目の夏を迎えた。関西生れの私が、縁もゆかりもなさそうな北海道の浦河に、いったいなにゆえ住む気になったのですか、とよく問われる。

人の目には縁もゆかりもなさそうに見えるだろうが、少しの縁はあった。といっても、私の父が大の馬好きで、競馬馬を何頭か持っていた。浦河は馬産地であるから、馬好きであった父を知っている人が何人かいる。そんな関係もあって調教師の武田文吾さんに勧められて浦河を訪れたのがきっかけである。だがそのへんのいきさつについては、他の本に書いたことがあるので略すことにする。

さて、馬産地の浦河で夏を過すと知って、いろんな人が私にきく。

「馬は何頭持っておられるんですか？」

別に馬産地に家を建てたからといって、馬を持つとは限らないですよ、と私は少しむっとする。

なぜむっとするかというと、本当は馬が欲しいのだが、私にはとてもそんな贅《ぜい》沢《たく》をする余裕がないからで、この浦河の家だって、なけなしの金をはたいて、大工さん、電気屋さん、家具屋さん、町のあちこちの人、みんなに迷惑をかけてやっと建ち上った家なのだ。

「浦河のご別邸へはいつお出ましで？」

などと人にいわれると、「ご別邸」という言葉に圧倒されて返事が出来なくなったりする。私は貧乏性に出来ていて、よろずカネモチらしいことが身につかない。たまに何かの調子でカネモチらしく見えることがあると、恥かしくてたまらないという性分なのである。

だから馬は好きだが、サラブレッドの高いのを買ってレースに出し、観衆の前で馬の手綱を取って写真に写る、なんてことは、（金もないけれど）とても恥かしくて出来ないのだ。

この頃は「馬主経済」なんて言葉があって、馬主のフトコロ具合も色々と配慮されるような仕組みになって来ているらしいが、私が知っている頃の馬主は、損得を考えて馬主になるというようなケチくさい根性の人はいなかったから、私は馬主になるということは、贅沢の極《きわみ》であるなと子供心に思っていた。

そろばん弾《はじ》いて馬を買うくらいなら、馬主になるのはやめた方がいい。競馬馬を持つということは最高の「道楽」なのである。馬主は「旦那衆」だ。勝馬の賞金はほとんどご祝儀に消えてしまう。馬が病気になったり怪我をすると、馬主が損を負担する。そこが最高の「道楽」であるゆえんだ。それでこそ、馬主になるということが楽しいのだ。そんな旦那衆になる自信も金もない私は、従って馬主にはならないのである。

そんなわけで、私は毎日、家の窓から放牧場の馬を眺めて暮しているが、馬は一頭も持っていない。なのに人はいう。

「馬は持っておられるんでしょう?」

「いえ、持っていません」

すると人はなぜか気が抜けたような顔をする。何度かそんな会話を交しているうちに私はだんだん馬が欲しくなって来た。そこで私は考えた。

ポニーを一頭飼おう!

ポニーも馬のうち、人からきかれたときに、

「ええ、持っています、一頭」

と答えることが出来るではないか。そうすれば相手も納得し、私の面目も立つ。

そこで家へ遊びに来る土地の人たちに訊《たず》ねた。

「ポニーっていくらくらいするもの？」

ある人は二十万円といい、ある人は十万といい、ある人は五万円くらいという。たまたま、近くの町から講演を頼まれた。夏の間は仕事はしない建前にしているので、断りかけて、ふと思いついていった。

「講演料の代りにポニーを一頭、いただきたい」

相手の人は驚いて、

「はあ、ポニーといいますと、あの馬のポニーで……」

帰って相談してまいりますといって帰って行ったきり、一向に返事が来ない。たまたま、武田文吾さんが遊びに来ていた席で私はその話をしていた。すると丁度《ちょうど》そのとき、斉藤さんという牧場主が入って来た。

「やあ、斉藤さん、愛子さんがね、ポニーを飼いたいといっているところなんだがね、ポニーも馬のうちだといってね」

武田さんがいうと斉藤さんはこともなげに、

「じゃ、うちのポニー、持って来ましょう」

「えっ」

私はびっくりして斉藤さんを見つめた。鍋釜を借りる話じゃないんだ。簡単に持って来ましょう、といってすむようなことじゃない。しかし斉藤さんはもう電話のダイアルを廻《まわ》している。

「あ、オレだ。佐藤さんのところへ、ポニー一頭、持って来てくれ」

まるでそば屋へざるそばを注文しているような具合で、あっという間にトラックに乗って白黒のまだらのポニーがやって来た。

ポニーを飼うとなれば小屋も建てねばならぬし、飼い葉も用意しなければならぬだろう。しかし斉藤さんは、

「いや、そのへんの草ッ原に繋いどけばいいんですよ、水を朝と夕方にやれば」

あくまで簡単である。かくてあっという間にポニーは我が家の一員となったのである。

私の家は山の中腹を切り崩して建てられている。背後はくま笹やよもぎや柏などが生い茂る山で、目の下は牧草地である。ポニーはその牧草地へ下りる斜面の草の中に繋がれた。

ポニーの名は？　と斉藤さんにきけば、「名前はない」とのことである。そこで「名なしの権べぇ」と仮に呼ぶことにした。

権べぇは牡馬《ぼば》である。家族は五頭いて、その長らしい。斉藤家の子供さんたち

のオモチャになっていたので、人によく馴《な》れておとなしい。白と黒のまだらで、五歳である。

その夜、私は権べぇを草の中から連れ出して、私の寝室の外に繋いで寝た。ときどき窓から覗《のぞ》くと、月影の中に佇《たたず》んでいる姿が見えて、急にカネモチになったような、何となく豊かな気持ちである。

あけ方、私はけたたましい嘶《いなな》きに飛び起きた。窓を開けると権べぇは目の下の牧草地の向こうに望める放牧地に、今放牧された四頭の馬の方を眺めて嘶いているのだ。

四頭の馬は草を喰《は》んだり、走ったり、自由に夏の朝を楽しんでいる。権べぇは呼びかけるように何度も嘶くが、四頭の馬はふり向きもしない。そのうち一頭が気がついて、こっちに向かって首を上げて嘶き返した。権べぇは喜んでまた嘶く。しかし向こうの馬は草を喰むのに忙しくてもう返事をしない、権べぇは頻《しき》りに呼びかける。

権べぇは淋《さび》しいのである。それにこの馬は人なつこい、いや、馬なつこい馬なのかもしれない。だが向こうは四頭、何も権べぇなんかを相手に断き合いをしなければならないほど、友達に不自由しているわけではないのだ。しかも片やサラブレッド、こっちはポニー。向こうにしてみれば、

「なによ、馴れ馴れしくしないでよ、ポニーのくせに」

といいたいところかもしれない。

私は権べぇが哀れでならない。いや、哀れというよりは侮辱を覚える。

「ああいう思い上っている手合を相手にしなさんな」

と私は権べぇにいってきかせるが、権べぇはひと所に佇立《ちょりつ》したまま、首を向こうの放牧場に向けて動かない。私は水を与え、燕麦《えんばく》と塩を食べさせ、ブラシをかけてやった。

「ごらん、チビ馬でもこんなに大事にされているのよ！」

と見せつけてやりたいのだ。

「羨《うらや》ましそうに見るんじゃないよ、今に、向こうを羨ましがらせてやる！」

と意気込むが、肝腎の権べぇが向こうを羨んで見つめてばかりいるのが情けない。

数日後、高校生の娘が友達を二人連れて東京からやって来た。早速、鞍《くら》を置いて娘たちは権べぇを乗り廻した。日が暮れるとやっと解放されて、草原の中に繋がれる。我が家のまわりの草原は、馬の好む草が少ない。しかも権べぇは斉藤さんの大牧場でサラブレッドのおあまりに与《あずか》っているから、笹やよもぎなど、食べないのである。

私は日に何度か権べぇを連れて、繋ぐ場所を移動させなければならない。後ろの山へ上ったり、目の下の牧草地へ下りる斜面に繋いだりしているうちに、だんだん、草がなくなって来た。丈なすよもぎの中に佇んで、権べぇは噺く。

そのうちに雨が降り出した。斉藤さんは、

「なに、雨の中でも平気ですよ、そのままでいいんです」

というけれど、雨の中に悄然《しょうぜん》と佇んでいる姿を見ると、哀れでならない。

丁度、そのとき、近くの人から、敬老会で何か話をしてほしいと頼まれた。そこで私はいった。

「どっかに屋根の古手がありませんか。講演料としてソレをいただきたい」

頼みに来た人は「はア？」といったきり、あるともないともいわずに帰ってしまった。

私は権べぇのために小屋を作らねばならないのである。

雨は毎日、降りつづく。やんだと思えば突然、豪雨となって降りしきる。深夜、豪雨の中を私はレインコートを頭からかぶり、娘に懐中電灯を持たせて斜面の草の中から権べぇを連れ出しに出かけた。やっと連れ出したものの、入れてやる庇《ひさし》はテラスか玄関しかない。テラスに引き上げると、綱をテラスの二本の柱に巻きつけてしまう。仕方なく玄関の庇の下に移動させたときは、下着まで雨が通ってしまった。

翌朝、起きてみると権べぇの姿がない。綱がほどけて逃げたのだ。探し廻って、漸《よう》く近所の牧草地で牧草を食べているところを見つけた。連れて帰って繋ぐ。

と、翌日、またいない。雨で地面がゆるんで、権べぇの綱を結んでいる杭《くい》が抜けてしまうのだ。探すとまた昨日の牧草地で草を食べている。連れ帰って繋ぐ。と翌日またいない。

私はほとほと、疲れ果ててしまった。

「権べぇ……マイッタよォ」

思わず胴を叩《たた》いていうと、権べぇも憮然と佇んで、

「こっちもマイってる」

と呟《つぶ》いたかのよう。

八日間降りつづいた雨が上って美しく晴れた朝、権べぇは斉藤さんのところへ引き取られて行った。来たときと同じトラックの上で、同じ憮然とした表情でじっと佇立して帰って行った。帰った権べぇは、仔馬《こうま》たちとこんなことでもいっているのではないか。

「おとっつぁん、どこへ行ってたの」

「いやはや、ひでえ目にあったよ。もう思い出したくもない」

アホと熊の話

東京の暮しがいやになりはじめたのは大分前からで、講演で地方に行くたびに、こんなところに住んでみたいなァ、とよく思ったものである。

私がこんなところに住んでみたいなァ、と思うのはたいてい海の見える町で、小樽《おたる》へ行ったときもそうだったし、九州佐賀県の唐津《からつ》へ行ったときもそうだった。

山と海とどっちが好きかと問われると、私はためらいなく海と答えるが、それは何故かと重ねて問われると、ただ「ひろびろしているから」としか答えられない。海を前にしていると、いつも私は自分がとるに足らぬ小さな小さな、一粒の砂みたいなものであるという卑小感に捉《とら》われるが、その卑小感の中で私は安定している自分を感じるのである。

ひところ、私は九州の無人の小島を買いたいと夢見たことがある。島のてっぺんで、裸のままで昼寝をする。昼寝から醒《さ》めると、裸で海岸を走る。さんさんと降り注ぐ太陽が我が肌を焼く。私は叫ぶ。

「アババのピラヒャのパーチクブー」

それが私の夢だと語ったら、聞いた人は呆気《あっけ》にとられて、

「いったい、それはどういうイミですか？」

と質問した。

「べつにイミはないんです。アババのピラヒャのパーチクブーであっても、ペラペラプーのパシャパシャビーでもいいんです。要するに、イミを伝達しない言葉、いや、言葉じゃない、わめき声を発して暮していたいんです」

「はあ？」

と相手はますます怪訝《けげん》な顔をし、暫《しばら》く考えてからいった。

「原始への回帰ですね？　つまり、現代の物質文明への抵抗といいますか……」

ソレソレ、ソレがイヤだというんだ。原始への回帰とか、物質文明への抵抗とか、どうしてこう、いろいろ意味づけをしなければ納得出来ないのか。

「アババのピラヒャのパーチクブー」

と私がいえば、

「フンニャラプクスのペンタラチー」

とでもすぐにいい返す人はおらぬものか。私がそんなことをいって嘆くと人は皆呆《あき》れて笑うのみ。田辺聖子さんのごときは、私のことを「大型の腕白《わんぱく》」などという。

ワンパクどころか私は疲れているのだ。何年も言葉を使う仕事をして来て、もはや言葉を綴《つづ》り合せて意味をこめることに飽き飽きした。

私が海を眺めて暮したいと思うようになったのは、多分、そういう疲労のためではないかと思う。

浦河《うらかわ》の丘の上の私の家からは海が見渡せる。それはいうまでもなく太平洋である。去年の夏は、心ゆくまでその海を眺めて過した。

「アパラチャのピャペヤプー」

などと海に向かって叫んだりした。

娘との二人暮し。娘はこの奇怪な母親に馴《な》れているから、呆れ返りもせず、

「パラパラブッチャーグー」

などと適当に相槌《あいづち》をうつ。

「パヤパヤパー」

「ギャギャギャギャラグー」

二人が掛合で叫んでいると、丘の下の草原で牛が、

「モーォ」

と啼《な》く。頭の上で鳥が、

「カオーカオー」

私「パーアピーイプーウペーエポーォ」

娘「ギャギィギュゲェギョオー」

そこには光と風と自由が満ち溢《あふ》れ、私は心ゆくまでアホとなって飛び跳ねた。

そんなときに東京の編集者から手紙が来る。

「いかがですか。北海道の大自然の中で、執筆欲はいやが上にも高まったことと思います」

執筆欲もヘッタクレもあるかいな。せっかく人がアホになりきって楽しくやっているというのに。

「北海道の丘の上の別荘！　さぞかし優雅で爽《さわ》やかな夏をお過しのことと思います」

などという手紙も来る。

優雅とか爽やかとか、そんな言葉は使いたくない。

「アホになっている！」

それでよいのだ。それが一番ふさわしい言葉なのだが、その真髄のわかる人はなかなかいないのである。

ある日、私は熊にやられたという人の話を聞いた。

営林局（現・森林管理局）に勤めるある人が山へ仕事に行ってひと休みをしていると、その目の前を一頭の鹿が走って行った。

「や、鹿！」

と驚き喜んで、食べかけていた弁当を捨てて後を追った。走っていると、何やら後ろに荒い鼻息が聞える。ふり返って、わっと叫ぶ間もなく、熊に襲われて大怪我をさせられたという。

「へーえ、熊ってやっぱり凶暴なんですね。熊に向かって刃向かっていなくても襲うのね」

「いや、敵意をあらわさなければ、何もしないで通り過ぎて行くこともあるけれどね。この場合は、怒らせたからね」

「なぜ？　その人は鹿を追いかけていたんでしょう？　熊を追ったわけじゃないでしょう？　なのになぜ怒るの？」

「だってね、その熊は鹿を追いかけていたんですよ」

「なんですって？」

「熊が鹿を追いかけているその中間に、人間が割り込んで来たんだから、熊としては怒るよね」

私はこの話が気に入った。いかにも北海道らしい暢気《のんき》な話である。瀕死《ひんし》の重傷を負ったというその人には申しわけないが。

熊に出会ったときは死んだ真似《まね》をすれば助かるというが本当ですかと問うと、確かに死んだ真似をすれば襲って来るということはないが、その代り、本当に死んでいるかどうかを調べるために、前足で身体をあっちへひっくり返し、こっちへ転がす。

何しろ熊の爪《つめ》というものは鋭いものであるから、あちこち、ひっくり返されているうちに傷ついて血みどろになってしまう。

しかしいったん死んだ真似をしたからには、最後までそうしていなければならない。アイタタとか、やめてくれ、などいってはならぬのである。思わず呻《うめ》き声が出そうなのをこらえて、死んだふりをつづけるのもたいへんなことだ。

別の人にいわせるとその熊は相当に疑い深い熊である。私が会った熊は死んだふりをしているそばへ来て、クンクン匂《にお》いを嗅《か》いだ。首筋を嗅がれたとき、その鼻がヒンヤリと冷たく首に触れただけでした、ということであった。

熊にも疑い深いの、お人よし、いろいろいるらしい。

寒くなると腹を空かした熊が、食物を求めて山から出て来る。そうして熊はハンターたちに射殺されてしまう。浦河の私の家の後ろの山でも、二、三年前に熊の大捕物があったそうだ。

しかし私はいくら怖ろしい熊の話を聞いても、なぜか熊を怖いとは思えないのである。

「なぜ殺したりするんですか。お腹が空いているのなら、食物を食べさせて、山へ帰してやればいいじゃないですか」

というと、相手は呆れ返った顔で、

「お伽話《とぎばなし》じゃないんだよ」

という。

「熊がごちそうさん、といって山へ帰って行くんですかね？」

「そうかしらん。京都の何とかいうお寺にはそういう狸《たぬき》がいたそうよ」

「狸？　狸なんかと熊は違うよ」

とその人は、まるで熊の名誉が傷つけられでもしたかのように、憤然といったのであった。

浦河が楽しいのは、アホになれることの外《ほか》に、こういう話を聞けるからである。

ひと夏、浦河にいて、これから浦河の秋を楽しもうというときになって、私は東京に帰らなくてはならなくなった。

学校がはじまるので一足先に東京へ帰った娘が、病気になったのだ。私は浦河から立ち去り難く、思わず娘に電話をかけてこんなことをいった。

「東京から浦河高校へ転校したらどう？」

すると娘はいった。

「じゃ浦河に永住するの？」

「そうよ」

娘は考えて、

「でも、それ、ちょっと困るんじゃない」

「どうして？」

「浦河にいると、ママは、パピプペポォと叫んでばかりいて、仕事しないもの」

「……」

「ママがアホになりっ放しだと、おカネが入らなくなる」

ごもっとも、と思い、私はしぶしぶ、腰を上げたのであった。

下には下が

颱風《たいふう》八号が太平洋上にかき消えた後、ここ浦河《うらかわ》の秋は急激に深まった。強い南西の風が吹き、雨が降る。海は空と同じ灰色に塗りこめられ、野の花は枯れて薄《すすき》の白さが目につく。

蕭々《しょうしょう》と暮れ行く雨の夕暮の中に、放牧の牛が佇《たたず》んでいるのが今日も見える。この牛は昨日も彼処《あそこ》にいた。その前も前もいた。晴れた日も風の日も雨の日も、である。朝も昼も夜も、である。

つまり牛はそこに「出されっ放し」になっているのである。今日、私はそれに気がついた。朝早く連れて来られて、日が暮れてから連れ帰られるのではなく、ほうりっ放しにされているのだ。

牛が出されっ放しになっているのは野ッ原である。馬が放牧されているのは、柔らかな青草が生えひろがっている放牧場である。日が傾くと放牧場の馬たちは、迎えが来なくても自ら馬房へ帰るべく放牧場からの白い坂道を急ぎ足に下って行く。日の傾き具合によって、馬は家へ帰るときが来たことを知るのだという。

「馬というものは利口《りこう》なんだねェ」

と人々は感心して馬を褒《ほ》めそやす。

ところが牛はどうか。

牛は本当に利口だねェ、などといっている人にまだ会ったことがない。この町は日高地方の馬産地の中心地であるから、人々は皆、馬に関心を持っている。どだい、牛について語る人間なんて、ここにはいないのだ。

牛は仔馬《こうま》を産んだ母馬の乳が足りないときに、仔馬に牛乳を提供するべく飼われているのである。だからそういう必要のないときは忘れられているらしい。爽《さわ》やかな秋風に吹かれつつ、放牧場の馬が走っていた。すると人々はいった。

「馬は風が吹くと走りだすんです」

「いいもんですねえ。風に逆《さか》らって走る馬！　タテガミが風に散って、見ていても胸が躍動しますねえ。まさに一幅の絵ですな」

昨日、大風の中を野原の牛が走り廻《まわ》っていた。すると人はいった。

「なにをヤケクソになってるんだろう。牛のくせに走ってる」

私は牛に同情する。馬が走れば一幅の絵となり、牛が走ればヤケクソだといわれる。私は牛のために憤慨せずにはいられない。

牛に同情していた私は、牛よりも更に同情すべき存在のあることに気がついた。それはドサンコという北海道生れの馬である。このドサンコはかつては、運搬や交通機関として活躍した時代もあったらしいが、車の発達普及と共に落ちぶれて、今は僅《わず》かにアテ馬としてのみ存在価値を認められているという。

アテ馬というのは種つけの際、牝馬《ひんば》が十分に発情しているかどうかを調べるために、牝馬の一夜夫のフリをさせられる馬のことである。

本当の夫は、何億と金を積んで外国から連れて来た名馬である。あるいは連戦連勝の勇馬である。その名馬勇馬のキツーイいっぱつを受け止めるには、十分に発情した牝馬でないとカラブリするから勿体《もったい》ない。何しろ種つけ料、一回百万とか二百万とかする名馬である。そんじょそこいらの人間のオトコとは、いっぱつの値うちが違う。人間は無駄ダマを好むが、名馬は無駄ダマは打てぬのだ。

そこで登場するのがドサンコである。ドサンコは一夜夫のごとく牝馬に近づく。すると十分に発情している牝馬は、ふるい起《た》って準備完了の様子を示す。

「ＯＫ」

と叫ぶはドサンコにあらず、介添の人間の方。いざこれから、というときにドサンコは引き戻され、そこにイッパツ×百万円の名馬がしずしずと現れる。ドサンコはふるい起ったまま、布団部屋でひとり寝の侘《わ》びしさをかこつ。と、またしてもお呼びがかかる。次なる牝馬が待っているのだ。ドサンコは嘻《き》嘻《き》と近づく。牝馬も嘻々と迎える。

「ＯＫ」

と叫ぶはドサンコにあらず。また殿さまのお出ましだ。ドサンコは布団部屋へ。

何のことはない鰻《うなぎ》の皿を鼻先に突きつけられて、おなかがグーと鳴ったとたんに、皿を取り上げられてしまうのと同じようなものだ。

牝馬の中に一頭ぐらい、「ドサンコチャンとじゃないと、わたし、イヤ」というやつがいてもよさそうなものなのに、どの牝馬もドサンコのことなど忘れて殿さまの寵愛《ちようあい》を受けて喜んでいるのが情けない。

「そんなことばっかりさせられていて、ドサンコはヒステリーになりませんか」

私は牧場主の斉藤さんに聞いた。

「いやあ、べつに、そういうことにはなりませんねえ」

と斉藤さんはすましている。この人は自分が満足しているから、ドサンコに同情がないのではないか？　と私は勘ぐる。富める者は貧しき者に同情がない。

「で、ドサンコはどうなるんですか？」

「どうなるって……諦《あきら》めているようですよ」

困るねえ。そう簡単にいってほしくない。私は貧しき者ゆえ、貧しき者に同情する。

「そんな目に遭《あ》ってドサンコはむくれないんですか？　そうそういい顔ばかりしていられるかい、とむくれて布団部屋から出て来ないってことはありませんか」

「そんなことはありませんねえ、人間とはちがいます」

と斉藤さんは気楽に笑っている。

「牡馬《ぼば》は牝馬の発情によって、触発されてソノ気になるものですからね」

発情した牝馬がいなければ悶《もだ》えないのだそうである。

「へーえ、そうですか、じゃあ馬は人間の男よりもラクに出来ているんですね。発情した牝《めす》がいなければ、一生、童貞でも平気で過せるというわけですか」

「野生の馬は違いますが、人間に飼い馴《な》らされている馬はそうです」

とすると、人間の男はまだ飼い馴らされ方が足りないというわけか。女がいればいるで悶えるし、いなければいないでまた悶える。

ドサンコが上等か、人間が上等か。ドサンコが不幸か、人間が不幸か。この答えは難しい。わかっていることは、この世は人も馬も、それぞれの役割から逃れられないということである。

蕭々と吹く秋風の野に、牛はモーウと啼《な》き、ドサンコは黙然と佇む。その上の気持ちよい丘の放牧場で爽かに仔馬が走る。わが生命のかげにドサンコと牛の献身があるとは仔馬は夢にも知らぬ。しかし、ドサンコも牛も、差別という言葉や、孤独という言葉を知らないから原は平和である。

斉藤さんはいった。

「しかしドサンコも可哀《かわい》そうなのでね。ときどき、そこらへんのあり合せの馬をかけてやることがありますがね」

ああ、「あり合せ」をあてがわれるドサンコ悲し。私は「あり合せ」という言葉に胸えぐられているというのに、丁度《ちょうど》、居合せた学生がいった。

「あり合せがあるだけ、まだドサンコの方がぼくよりいい」

自然とのこんなおつき合い

私の家には、応接間の前のテラスに二間《にけん》の藤棚がある。この家を建てたとき、テラスの前に鉄製の棚を作り、いずれそのうち、ヘチマかヒョウタンか、葡萄《ぶどう》でも這《は》わせるつもりだった。そのつもりのまま、何も植えずにほうっておいたのを甥《おい》が見て、どこかの山から取って来たという藤の若木を植えていった。

日当りがいいし、鉄製だから棚は丈夫である。藤はどんどん伸びて、あっという間に棚いっぱいに繁《しげ》った。夏の来客が、「ここのお宅は涼しいですねえ」と感心するのは、藤の葉が直射日光を防ぐからで、家全体が涼しいのではなく、その部屋だけが特に涼しいのであった。

それで暫《しばら》くの間は藤を植えてよかったと喜んでいた。だが、二、三年経《た》つうちに、この藤、まったく花をつけないことに気がついた。はじめの頃はこれはまだ木が若いせいだと思っていた。しかし五年、七年と年を重ねても、一度も花は咲かない。蔓《つる》ばかりがやたらに勢いよく伸びて葉を繁らせ、二階へ向かって壁を這い、うっかりしていると窓を塞《ふさ》いで二階の屋根まで登っていきそうである。もう涼しくていい、などと喜んでいられなくなった。折角、気持ちいい初夏が来たというのに、応接間は伐《き》っても伐っても繁茂する藤のために一日中薄暗く陰気で、殊に雨の日は冷え冷えして穴ぐらへ入ったようだ。

ある年、ついに私は決心した。藤を伐り払おう、と思ったのである。

丁度《ちようど》春が来て、小さな庭にはこでまり、山吹、さつき、つつじ、牡丹《ぼたん》などが次々と花開く美しい季節である。だがその華やぎと一緒に藤は伸びに伸び、繁りに繁っていくであろう。

——可哀《かわい》そうだが伐ってしまおう……そう考えながら藤を見上げていると、萌《も》え出た若葉の間に、何やら見馴《みな》れぬものがある。近づいてよく見ると、小鳥の巣であった。まだ作製途上と見えて、松の枝や葉屑《はくず》などが集められているだけで、鳥の姿はない。

「鳩ですよ」と家の者がいった。「このところ、鳩が頻《しき》りに藤棚のあたりを行き来しています」という。

私は困ってしまった。折角、鳩が巣を作ろうとしている藤棚を、裸にしてしまったら鳩はどんな気がするだろう？　仕方ない、雛《ひな》が孵《かえ》って巣立っていくまでこのままにしておこう……そう思ってとりあえず、藤を伐ることは中止した。

やがて巣は出来上り、ある日、気がつくとそこに鳩がうずくまって卵を温めていた。来客と向き合って話をしながら、私の目は知らず知らず、鳩の方へ向いてしまう。「やあ、ご苦労さん、がんばってるのね」と胸の中でいう。

来客に向かって「ごらんなさい、あそこに鳩が巣を作っているんですよ」といおうか、いうまいか、どうしようと迷いながら私は会話を交わし、巣を眺め、結局何もいわない。

来客が関心を示して立ち上って覗《のぞ》きに行ったりしたら、鳩に悪い、という気がするのである。

私は花や鳥たちとのつき合いは、ごく自然にさりげなくしたいと思っている。桜の花が咲いているからといって、喜んでその下で酒盛りをするのも面白いだろうが、私の好みとしては誰も知らない山の奥、あるいは忙しい農村の丘の陰などに、ひとり勝手に咲いている桜を、「あんなところに桜が咲いてら……」とこちらも自分勝手に眺めているという、そんなさりげなさが好きである。

——ある日、ふと気がついたら、花が咲いていた……。

——またある日、気がついたら散っていた……。

それが花と人間とのつき合いの、自然な好もしい姿ではないかと私は思っている。

しかし世の中が人工的になってきたためか、人知れず咲く花、ささやかな小鳥の営みにも現代人は大仰《おおぎよう》に感動する。感動しなければならない、と思っている気配すらあって、「あ、こんなところに花が咲いてる。可愛《かわい》いなあ……」と思っていればいいものを、「お花さん、よくぞ咲いてくれました。ありがとう、ありがとう……」と感謝しなければならないような、そんな気構えで自然を見るようになっている。ただ美しさを愛《め》でるだけでなく、物質文明との戦いに負けずに花を咲かせた、そのがんばりを褒《ほ》めたたえなければならないような気になる。だから、「こんな小さな花が……えらいわねえ……」と声震わせるテレビレポーターなどが出現するのである。

ところで、鳩の話だが、ある日、巣には雛が孵っていた。一見したところ栄養失調脱毛症のような雛は、お世辞にも可愛いとはいえないが、とにかく、めでたく誕生したのである。私は応接間で来客と話をしながら、忙しく餌《えさ》を運んでくる親鳩を見て胸の中でいう。

「おめでとう。がんばってね」

そんな間にも藤の葉はどんどん繁り、蔓《つる》は伸びて鳩の巣も雛も、覗き込まなければありかがわからぬほどになっていった。それにつれて脱毛症のような雛もだんだん格好よく羽が整ってきて、そしてある日、気がついたら雛の姿はなく、空っぽの巣が藤の葉の蔭に残っていたのだった。

雛が巣立っていけば、藤の木は伐《き》り払ってしまう筈《はず》だった。私はそのつもりだったのだ。しかしいざとなると私は迷った。もしも来年、あの鳩が巣を作りに来たら……と思ったのだ。果して来年、来るか来ないかはわからない。しかし、もし来た場合に失望させるのは悪いから、もう一年、様子を見よう、という気に私はなった。

そうして一年間藤の葉の文句をぶつぶついいながら我慢した。やがて春が来て、藤の蔓に葉が萌え始めた。去年の巣はいつの間にか腐り落ちてしまっている。だが、その脇《わき》に新しい巣が作り始められているではないか……やがて巣は出来上り、そこにうずくまる鳩の姿が見えた。藤の葉は繁り、雛は孵り、そして飛び立っていった。空の巣だけが藤の葉蔭に残った。それが去年の鳩なのかどうか、私にはわからない。あの親鳩が来ているのか、それともここで孵った雛が親になって来ているのか、わからない。

毎年鳩はやって来る。毎年欠かさず来るので、私は藤を伐ることが出来ない。

今は藤の幹は太く固く、棚の鉄の柱をしっかり締めつけて鋏《はさみ》の刃も立たない。

私は折角の初夏を、今年もぶつぶついいながら、陰気な応接間に我慢しなければならない。

囚われの身

上野動物園といえば日本一の動物園であるが、娘が三、四歳の頃に一度行っただけで、もう二度と行きたいとは思わない。その後、子供が行きたがると、人に頼んで連れて行ってもらった。動物園だけはどうしても好きになれないのである。

なぜ好きになれないかというと動物が多すぎるからだ。そして見物人があまりにも多いからである。

動物園へ行くと私はヘトヘトになる。ヘトヘトになって見る動物たちは、みんな元気を失っているように見える。私は人間でも動物でも撥溂《はつらつ》としているのが好きなので、檻《おり》の中で百獣の王といわれるライオンがぐったりして目を半開きにしていたりするのを見ると、自分が檻に入れられたようで辛《つら》いのである。

いつだったか、信州小諸《こもろ》の城址公園の猿の檻の中で、一匹のクモザルがブランコに乗っているのを見たことがある。ブランコをゆすっているうちにクモザルは調子が出て来てだんだん揺りが大きくなって行き、ついには檻いっぱいに右から左へとサーカスのようにスーイスーイと大ぶりに往《い》き来するようになった。

見物の一人が芋を投げると、向こうからスーイと飛んで来ながらパッと片手で摑《つか》んだそのタイミングのよさ、私が思わず拍手すると、クモザルはすましてまたスーイ、向こうの端へ飛んで行き、スーイと戻ってきた。

動物園で元気なのはどうも猿のたぐいだけのような気がする。たいていの動物は憮然として、もはや囚われの身を歎《なげ》くことさえ忘れているようなのが可哀《かわい》そうである。

ある年、スペインのバルセロナの動物園で白ゴリラを見た。外国へ行くと比較的よく動物園へ行くのは、動物の数が日本ほど多くなく、また見物人が少なくてひろびろしているからである。

ここでは白ゴリラは特別室に入っていて、特別の見物料を取られるのである。コンクリートの建物の通路を入って行くと、水族館みたいに、白ゴリラはガラスの向こうにいるのである。通路は狭いがゴリラの部屋の方は広くて天井が抜けている。運動場の上には青空が見え、見物人の方が檻の中にいるような気がしないでもない。

白ゴリラは私たちに背中を向け、何を見ているのか、うずくまったまま動かなかった。白熊のような剛毛に蔽《おお》われた背中に頭がメリ込んでいるように見えるのは、じっとうつむいていているからだ。

私は気長に白ゴリラが顔を向けるのを待っていたが、まるで拗《す》ねたじいさんのように動かない。同じ運動場には二頭の黒いゴリラのオスメスがいて、楽しそうにイチャついているのである。

白ゴリラがうつむいたまま動かないのは、もしかしたら黒ゴリラの楽しそうな様子が面白くないからかもしれない。好んで白く生まれついたわけではないのに、やあ白いゴリラ、白いゴリラと珍しがられてジロジロ見られることに腹を立てているのかもしれない。悲しんでいるのかもしれない——といろいろ想像するが、多分、白ゴリラは何も考えず、ただボーッと坐《すわ》っているだけだったのだろう。

待つこと数十分。白ゴリラは漸《よう》や《》く少し顔を動かしたので、横顔が見えた。ピンク色のツルツルした顔に押しつぶしたハート型の鼻。小さい黒い目が横目を使ってこちらを窺《うかが》っている。

「わっ、見えた！　こっち向いた！」

騒ぎ立てる我々に向かってゆっくり身体を起こして悠然と一瞥《いちべつ》をくれると、その視線を空に向けた。そしてそのままた、じっと動かなくなったのである。

同じ動物園で私は白孔雀《しろくじゃく》も見た。片や白ゴリラ、片や白孔雀。同じくまっ白に生まれつきながら何という違いだろう。白孔雀は我々のま正面にやって来てこれ見てよ、といわんばかりにさーっと扇型に羽を広げ、驚くばかりに精緻なレースの純白の扇をわざわざ小刻みに震わせてみせたのである。その美しさに我々は、声も出ずに息を呑む。白孔雀はすましてて羽をたたみ、たたんだ羽を重たげに引いてしずしずと向こうへ行ってしまった。

白い動物といえば私はもうひとつ、印度《インド》で白い大虎を見た。ニューデリーの動物園の草原、池つきの一軒家を与えられたホワイトタイガーは、悠々と草の中を歩き、池へ下りて水を飲み、再び、悠々と樹木の蔭に姿を消した。

見物人など目もくれず、囚われの身であることも気づいていないように悠々と歩いて行くその姿を、柵にかじりついて見惚れている我々は、いかにも矮小《わいしょう》粗末な動物に感じられたのであった。

免疫になった女

ゴキブリを見てキャーッと悲鳴を上げる手合がいる。私の娘がそうである。私はムカついて、

「ゴキブリぐらいで騒ぎ立てるとはカマトトか！」

と怒りたくなる。自慢じゃないが、私なんかゴキブリみたいなもん、蝿叩《はえたた》き、あるいは新聞の丸めたやつで一打ちだ。

パシッ！

必殺の気合いが籠《こも》っているから、一瞬にしてゴキブリは白いハラワタを出してつぶれている。

「これ見よ!」

とふり返れば娘、顔をしかめて横を向いている。感服して発奮するかと思えば、

「よくもそんな、むごたらしい……ママってスゴい人ねえ……」

まるで鬼畜かなんぞのようにいうのだ。

「そんなもの怖がっていたら今日まで生きて来られなかったわよ!」

生きることの厳しさを教えようとしてひと際声を張り上げるが、

「ふーん」

と気の抜けた返事をするだけである。

ゴキブリばかりか、娘は蛾《が》も怖がる。深夜ノソノソと私の寝室へ入って来て眠っている私を起し、

「ねえ、蛾がいるのよう、蛾が」

「それがどうしたの」

「怖くて眠れないのよ」

「なに、眠れない？　たかが蛾で！」

パッとベッドから下りるのは、蛾を殺すのが好きだからではない。母親が勇敢に蛾に立ち向かうその姿を見せて、強き生きざまを教えたいという親心である。

「蠅叩き！」

と命じて持って来たやつを摑《つか》むなり、ビュッ、ビュッとふり廻《まわ》す。こっちはゴキブリほど簡単に行かない。蛾はバタバタと飛び廻って、ここと思えばまたあちら、蠅叩きは羽をかすめ、粉が舞い散る。

「わーッ、わッ……ママ、やめて、粉が皮膚につくじゃないの」

「粉みたいなもん、ついたってどうということはない」

「そんなことないよう。痒《かゆ》くなって腫《は》れるのよう」

「そんなもん、腫れたって一日か二日よ！　それを怖れてどうする！」

こうなったら意地だ。眠気も吹き飛んで蛾と戦う。やっとやっつけて、

「ごらん！　やっつけたよ！」

娘はまたもや顔をしかめて、

「ママってホントにスゴい人ねえ……」

感心しているのではなく、その口調に侮蔑《ぶべつ》の響《ひび》きがある。

我々が育つ頃はゴキブリ、蛾、蠅、蚊《か》は無論のこと、蚤《のみ》、虱《しらみ》、南京虫《ナンキンむし》、家ダニ、ゲジゲジ、ムカデ、いろんな害虫と戦いつつ暮していたものである。

腕や脚やお腹が虫に刺されて痒いというと、おとなは「どれどれ」とその痕《あと》を見て、

「ハハーン、咬《か》み痕が二つずつつづいてる。これは南京虫です」

と判断を下した。

「うーん、腋《わき》の下とか腿《もも》のつけ根近くね。つまり、柔らかなところがやられてるね、してみるとこれは家ダニだ」

とか、ふと子供の頭を見て、

「これは虱のタマゴです。虱の親はこれ」

と手早く取って実物を見せてくれるとか、

「こっちは犬の蚤、こっちは人間の蚤、ほら、大きさが違うだろ。犬の蚤は人間につかないから安心しなさい」

とか。我々は害虫どもと共に生きて来たのだ。

「ママが三つぐらいのときです。夜中に一緒に寝ていたばあやがものの気配にふと目を醒《さ》ますと、二十センチほどもあるムカデがママの枕《まくら》に這《は》い上ろうとしているではないか。それを見たばあやはどうしたか。打ち殺すにも手近に何も武器はない。とっさにしていた腰巻を外してパッとムカデにかぶせ、庭に持って出て腰巻の上から石で叩《たた》いて殺してしてしまった」

私は娘に説教した。

「これがあんただったらどうか。キャーッと叫んで子供もなにもほったらかして逃げるんでしょう。そんなおとなに育てられるこれからの子供は可哀《かわい》そうだ。親は何ものも怖れず子供を守ってやらなくてはならないのに、ゴキブリぐらいで泣き騒いでいてどうするか！」

「そんなことといったって、小さいときから虫と一緒に暮してないんだもんムリだよう……」

「全く今の子供はだからダメなんだ！」

というち、いろいろと思い出して来た。

「そうだ。虫といえば、我々は回虫にも悩まされた！　その頃の野菜は化学肥料ではなく下肥《しもごえ》をかけていたから、回虫の卵がくっついていて、それが腸の中で成長して長い虫になったんです！　子供にはたいてい回虫がいたといっても過言ではない」

「えっ、腸の中に虫がいたの」

「そうです。白くてニョロニョロしてる。長いのになると七、八十センチにも及ぶのがいましたね！」

とつい自慢げになったりする。娘はびっくり仰天して、

「ホントなの？　考えられないわ！」

「そういう虫とも我々は戦ったのです。小学校では生徒に月一度、カイニン草という煎《せん》じ薬を飲ませて回虫を下《くだ》すのです。そのカイニン草の臭《くさ》さといったら、飲む前からもう吐気を催すというやつで、いやがると見はりの先生がハナをつまんで無理やり飲ませる。そういう拷問《ごうもん》にも我々は耐えなければならなかった。そし

てときどき、検便をして回虫のタマゴの有無を調べる。検便といっても今みたいに、検便用の紙を肛門《こうもん》に押し当てて持って行けばいいってもんじゃない。生《なま》のウンコですぞ。生のウンコの端ッコをマッチの小箱に入れて、学校へ持って行くんですぞ。ウンコ入りのマッチ箱を先生は集める。恥かしいから忘れたふりをして持って行かないと、廊下の掲示板に名前が書き出される。そういう屈辱にも我々は耐えたのだ……。その他、シモヤケの崩れた子、トラホーム（トラコーマ。伝染性慢性結膜炎）、目バチコ（ものもらい）、青《あお》っ洟《ぱな》、水洟、水洟が埃《ほこり》をかぶったまま寒さに凍ってる子、タダレ目、耳ダレ、クサッパチ（頭皮のできもの）、一銭ハゲ、ジャリッパゲ、スリムキ、デンボ（大阪弁でおできのこと）……」

話すうちに悲愴感《ひそうかん》胸臆《きょうおく》に満ち、思わず声慄《ふる》えて落涙《らくるい》する。

さすがの娘もシュンとして、

「むかしの子供ってたいへんだったんだねェ」

「だからママもこんなふうに強くなったんです。ただスゴい人だねェと軽くいってもらっては困る」

「うん、わかった」

と娘は漸《ようや》く理解したのであった。

珍虫《ちんちゅう》の話

年の暮にハクライ菓子の詰め合せをお歳暮に貰《もら》った。

大きな紙箱にクッキーとキャンデーとチョコレートの三つの缶が詰め合せになっている。その中のキャンデーを食べようと、缶を取り出した娘が、

「ママァ、へんな虫がいるよォ」

と叫んだ。

キャンデーの缶は透明なビニールで包装されている。缶の上部は包装のビニールと密着しているが、底は四角くくぼんでいて、ビニールとの間に五ミリほどの空間がある。

その四角い空間に、ピョンピョンと飛び跳ねているフケのようなものがいる。形は四角とも細長とも丸とも三角ともいえない。フケのように薄っぺらで、缶の底からピョイと飛んでビニールに吸いつき、パッと飛び下り、また飛んで吸いつく。

「うーん、老眼鏡——」

と私はいい、持って来させて老眼鏡をかけて眺めると、薄っぺらでフケのカケラのようなものでありながら、まさしく足がある。頭はどこか、よくわからないが、四本か六本か八本か、ササクレのような足が見える。

「虫だ——」

と私は認定した。

「何の虫？」

娘が聞く。

「チョコレートの虫にちがいない」

いつか、何かでそういう虫がいることを読んだことがある。

「チョコレートの虫！」

娘は確認するように呟《つぶや》き、

「でも缶の外にいるのはなぜだろう？」

「缶から散歩に出て来たんです」

そのとき娘はあっと叫び、

「ママ、もう一匹いるよ！」

外した老眼鏡をかけ直してよく見ると、さっきの虫よりひとまわり小さいのが飛んでいる。

「これは女房です」

と私はいった。

「生意気にも夫婦で散歩に出たとみえる」

すると娘がまた叫んだ。

「あっ、まだいる！」

女房ムシの半分くらいの、点のようなやつが生意気にも、ピョコピョコしているのだ。

「コドモなのね！」

と娘は興奮した。

「親子で遊んでいるんだ！」

「何という名前だろう、この虫」

「博物館へ持って行って聞いたら……」

「ムシ研究所っての、どっかにないかしら」

「もしかしたら世界にたったひとつの珍虫かもしれないよ」

「売れば儲《もう》かるかな」

「我が家は一躍、大金持！」

「お金が入ったら飛行船作って空を飛ぼう！」

と大さわぎ。忙しい年の暮が、珍虫のおかげで半日つぶれてしまった。


その翌日から私と娘は珍虫を眺めるのが日課になった。朝起きてきて顔を洗うと何よりも先に、

「珍虫はどうしているかな」

娘はキャンデーの缶を持って来て、

「いる、いる。まだ生きているよ」

「ふーむ」

と私は感心して唸《うな》る。

何を食べているのか、珍虫はいつも元気がよい。下からピョンと跳ね上ってビニールにつかまり、そのままツ、ツ、ツーと横に走り、しばらくじっとしていて、パッと落ちる。三匹が一斉《いっせい》にやることもあれば、一匹だけはりきっていることもある。

娘はビニールを破ってみようといったが私は許さない。もしそれを破って虫が逃走したらどういうことになるか。世界でひとつしかない珍虫を失ってもいいのか！　それで娘はキャンデーを食べずに我慢している。

そうこうして年は暮れ、元日が来た。虫は相変らず元気である。私は娘に元日の訓辞を垂れた。

「我々もこの虫のように、常に生き生きと快活に生きよう！」

その夜、甥《おい》がやって来た。私は早速、その甥に虫を見せていった。

「ごらん。世界の珍虫です」

甥はしげしげと虫を見て、

「何だい、これ、ゴミじゃないか」

「なにッ、ゴミィ！」

「ゴミだよ。紙のクズだ」

「紙クズがなんで跳ねる！　よく見なさいよ。生きて跳ねてるよ！」

甥はいった。

「困りましたなァ、これ、静電気。静電気でゴミが動いているんだ」

「セイデンキ！」

私は絶句。気をとり直して絶叫した。

「しかし、足がある！」

甥は傍にあった新聞の端を爪《つめ》の先でちぎって私に見せた。

「ホラ、こうすると紙の繊維が足のように見えるんだ」

私は口をモゴモゴさせるのみ。娘はシュンとしてうつむいて、悲しげに虫を見つめている。甥はビニールの上に指を走らせる。親子の虫は、いやゴミは、頻《しき》りに飛び跳ねる。

「怪《け》しからん！」

思わず私は怒号した。

これが虫ではないというのか！　紙のクズだというのか！

我が夢は潰《つい》えぬ。膨らんだ新年は凋《しぼ》んだ。誰のせいか。甥のせいだ。夢を解せぬ甥のためだ。

「疑うなら、ビニールを破って出してみようか」

「やめて！」

と私は叫んだ。その声は夢失いし者の、絶望と悲哀に慄《ふる》えていたのである。

その後、私は新聞のこういう記事を読んだ。

「ネス湖の怪獣ネッシーは、劇映画の撮影中、沈没した模型ではないかという説が、このほど発表された。関係者の話によると、一九六九年、米国ミリシュ・プロが製作した映画『シャーロック・ホームズの冒険』の中に、ネッシーが出現するが、そのときに作った張りボテのネッシーが、撮影中、引綱が切れて転覆、湖底に沈んだという。その張りボテのネッシーは針金とプラスチックで作られ……」

私はその新聞を投げ捨て、

「黙れーッ、バカモーン！」

罵倒《ばとう》し、絶叫した。

「真実はどこにあるか。真実は夢の中にある。なぜあばく。なぜそれがわからんかーッ！」

ところでそのキャンデーはどうしたかって？　怒りにまかせて珍虫モロトモ食ってしまったよ！

ダービー観戦記

「日本中が湧《わ》き立つダービー」
という表現があるそうだ。あるテレビ局から電話がかかって来て、
「日本中が湧き立つダービーの様子を探訪してくれませんか」
という。
この頃の日本は何かというとすぐに湧き立つ癖がついていて、やれ万博だとい
っては湧き立ち、飛行機乗っとり事件といっては湧き立つ。ひと頃のように貧乏
してあくせく働いている人間が少なくなり、ことあらば湧き立とうとして待ち構
えている人が多いのであろう。

私は元来、人混み嫌いの怠け者であるから、あまり湧き立ったりしている所へ行くのは好きではない。またアマノジャクのところもあるので、日本中が湧き立つ、などという言葉を聞くと、〝見そこなっちゃあ困るよ、あたしは湧き立ってなんかいないョ〟とソッポを向いていたい困った癖もある。

しかし結局、私はその仕事を引き受けてダービーへ出かけて行った。それというのも私の父は戦前、関西ジョッキークラブの会長をしていたことがあり、熱烈な競馬ファンだったので、私も父のお供で阪神競馬などへときどき行ったことがあるのだ。

私は人混みは嫌いだが馬は好きである。馬を見ていると、こんなに美しい生物《いきもの》がほかにいるだろうか、と思う（人間なんて馬のそばへ行くと醜悪そのものだ）。殊に走る馬の美しさは私を興奮させる。

「ダービーの馬は、いいねえ。うちあたりの馬とはてんでちがうねえ」

と昔、私の母はよくいっていた。私の父は持馬を五、六頭持っていたが、どれも走らないので有名だった。

「なに？　この馬の馬主は佐藤紅緑？　そんならアカン、アカン」

といっている男がいたと私の兄はいっていた。持主の名を聞いただけで、馬にケチがつくくらい我が家の馬は走らなかった。ダービーに出場出来るような馬は一頭もいない。その頃、御賞典レースというのがあって（今の天皇賞に当るのだろうか？）、その御賞典レースに勝った馬の持主は、賞金で記念の品を作って馬主間に配った。銀のライターとかシガレットケースとか、真珠の指輪とか。私の母はその頃の貰《もら》いモノの記念品をまだ幾つか持っているが、ついぞ我が家はそのような記念品を配る方の立場に立ったことはなかったのである。

さて、快晴の五月二十四日が日本中が湧くというダービーの日である。開門は九時からというのに門前に人が詰めかけている。開門を待つ群集はふくれ上がる一方なので、時間を早めて八時五十分に門は開けられた。と、忽《たちま》ちウナリのような雄タケビのようなどよめきが湧き上がり、群集はいっせいに場内に向かって走り出した。なぜ走るのか？　観覧席のいい場所を確保するためなのか、それとも興奮のあまり走り出したのか、私にはよくわからない。が、とにかく殺気立っている。

ところが不思議なことにはこの気負いたった雰囲気が、レースが進むにつれて次第に沈んで行き、馬券売場、パドック、払い戻し所、木の蔭、芝生の上、いたる所の人の群、もはやウンともスンともいわずにただ黙々と予想紙を眺めている上に五月の陽光さんさんと降りそそぎ、その明るさの中で群集の沈黙はだんだん疲れ果て、げんなり呆然《ぼうぜん》たる様相を深めて行くのである。

私はテレビ局の仕事である観衆とのインタビューをはじめた。競馬歴四十年というおじいさん。今日がはじめてですという若者。ダービー、ダービーとさわぐから、どんなものか見に来たのよ、アハハハ、と陽気に笑う下町の肥《ふと》ったおかみさん。競馬のおかげで長生きしているというおばあさんは、競馬がなくなったら死んでしまうわ、という。

「どうですか、四十年もやっていて儲《もう》かりましたか?」

と聞けば、歯のぬけたおじいさん、

「儲かりっこねえやね、工場一つ建つくらいはソンしたね」

と極めて明快に答える。かと思うと二十歳代の若者で儲けを貯金しています、というスゴいのもいる。

総じて若者に儲けているのが多く、中年以上はソンばっかりというのはどういうわけか。若者の方が中年よりも冷静で賢いということなのだろうか? 若者の頭の中にはソロバン勘定が常に廻《まわ》っており、そのソロバンの前にはどんな衝動も感情も負けてしまうのが今の若者の特徴かもしれない。

「儲かったときに思いきって帰ればいいんでしょう？　それなのにズルズルやってるから結局、モトも子もなくしてしまう。なぜ儲かったときに思いきって帰らないんですか？」

そう訊《き》くと、

「それが帰れないんだねェ、厄介なもんでねェ、どうしても帰れないんだねェ……」

と答えるのが、中年、老年組。

「まず今日はこれだけと目標を決めるんです。目標額を達成したところでさっと帰る。ええ、帰れますよ。貯金が増えると思うと楽しいからね」

とニコニコ顔は大学生だという赤シャツのおにいさん。この若者の言葉を、老人組に聞かせたら何と答えるだろう。

「へえ、そんな人もいるかねェ」

そう感心したあと、

「しかし、それじゃあ、つまらんだろうねェ。何のための競馬なんだか……」

と同情的な声を上げたおじいさんがいた。しかし若者は若者の方で、

「すってんてんになっても、まだ借金してまでやりたいなんて、気の毒なんですねェ」

と同情的な声を上げたのである。

時代の変遷と共に競馬も競馬ファンも変わりつつある。私の父が馬主であった頃は、〝馬で儲ける〟などということを考えている馬主はまずどこへ行ってもいなかった。勝てば厩舎《きゆうしや》関係に祝儀を弾まねばならないし、負ければ当然馬の飼育料に食われる。馬主たる者は御賞典の賞金を使い果たすべきもの、という習わしがあって、前記のごとくやたらと贅沢《ぜいたく》な記念品を配ったのである。

ところが当今では、サラリーマンが投資のために金を出し合って馬を買うとい

う。馬が株ナミになったのだ。

「ぼくはあの馬の尻尾《しっぽ》の持主でね」

とか、

「後足がぼくの出資分」

などという馬主がいるとか。こういうのが万一、何とか賞というのを取ったら、記念品を貰った方はややこしい。

「この記念ライターのフタの部分は何某氏から、底の部分が×某氏からのお心づかい……」

ということになりかねないのである。

ところでいよいよダービーレースが近づいた。パドックで馬を眺めているオッサンに聞いてみた。

「どうですか、どの馬がいいですか」

「うーん、そうだねえ×番なんかいいねえ、歩き様がいい。耳もいい。うーん、△番もいいなあ馬格がひときわすぐれてるね、うーん、○番もいいねえ、いいですなあ、どれも……」

何のことはない、これでは全部いいということになりかねない。私はオッサンに意見を聞くのをやめて席に戻り、馬場に現われた馬を双眼鏡で眺めた。と、目についたのは五番のダテテンリュウである。何でどう目についたのかと問われると答えに困るのだが、とにかく、何やらピリリと胸に来た。お尻に汗をかいている。後で聞いたところによると競馬評論家某先生は、五番ダテテンリュウはお尻に汗をかいているので感心しない、とラジオでおっしゃったそうだが、反対に私はそこが気に入ったのだ。そこで私はダテテンリュウの単勝を買った。私は複勝とか連勝とかは嫌いである。儲けるならこの心一筋、というのが私の主義だ。散るときは一発でパッと散りたい。

ダテンリュウ奮闘して二着に来た。

「どう？　二着に来たのよ、ダテンリュウ。私は馬を見る目、あるでしょう！」

私はおどり上がって思わず大声を上げたが、まわりの人たち誰も返事もせぬ。

「いくら二着に来ても馬券が当らなきゃしょうがないよ」という顔である。

馬がゴールへ入ったときに湧き上がったどよめきが鎮まったあとは、それぞれ呆然むっつり。私は一人一人に聞いた。

「とりましたか？」

「いや」

「とりました？」

「いや」

「とりました？」

「とりました」

とった人もとらぬ人も同じようにボソボソと答える。

ダービーは〝日本中が湧き立つ日〟というが、ふいて来たところを急に火を引かれた釜のゴハンみたいな湧き立ちようである。

帰ろうとして席を立つと、黙々たる敗戦の群集（中には勝利の人もいるだろうが、一様に敗戦の色に染まって）が駅に向かって移動しつつあり、この夕日の中の埃《ほこり》にまみれた敗残の姿だけはその昔と変わらぬ姿であった。

あとがき

私は自分では犬好きだと思っているが、この本を読んだ人は「犬好き？　とんでもない！」といわれることだろう。

さよう、私は変種の犬好きなのである。あるいは憎むべき犬好き、犬好きの裏切者といわれてもしようがないと思っている犬好きである。

それでもしつこく、私はこう思う。

私が犬にとって嬉《うれ》しい犬好きか、有難迷惑《ありがためいわく》の犬好きか、憎むべき犬好きか、犬に訊《き》いてみないとわからないではないかと。

しかし犬好きにもいろいろあるように、犬にもいろんな犬がいるから、アンケートをとると私は最低の票しか得られないかもしれない。というのも今は飼い馴《な》らされてしまって、人間を自分の親類（あるいは家来）かなんぞのように思っている犬が少なくないからである。

人生哲学に於て私は常に少数派である。少数派であることに満足して来た。だからここでも、少数派の犬好きであることを自分一人で容認することにする。

佐藤愛子

【初出一覧】

1　犬は犬らしく生きよ

〝らしさ〟の習性	『女の怒り方』	一九九一年・集英社文庫
タロウの過去	『こんな老い方もある』	一九九三年・角川文庫
ポチ	『おしゃれ失格』	一九七〇年・みゆき書房
飼い主の資格	『坊主の花かんざし一』	一九八〇年・集英社文庫
愛犬家のつもり	『枯れ木の枝ぶり』	一九八三年・角川文庫
ブス道とは	『坊主の花かんざし二』	一九八〇年・集英社文庫
沼島《ぬしま》のポチ	『こんな幸福もある』	一九八二年・角川文庫
窓下のイメージ	『幸福という名の武器』	一九八八年・集英社文庫
残酷な話	『三十点の女房』	一九七〇年・講談社

2　犬の事件簿

姑《しゅうとめ》根性	『坊主の花かんざし三』	一九八〇年・集英社文庫
犬たちの春	『日当りの椅子』	一九九二年・ＰＨＰ文庫
タマなしタロウ	『日当りの椅子』	一九九二年・ＰＨＰ文庫
可哀《かわい》そうなのはどっち?	『日当りの椅子』	一九九二年・ＰＨＰ文庫

3　動物たちへの詫び状

熱涙《ねつるい》	『日当りの椅子』	一九九二年・ＰＨＰ文庫
権べぇ騒動	『一天にわかにかき曇り』	一九八一年・角川文庫
アホと熊の話	『一天にわかにかき曇り』	一九八一年・角川文庫
下には下が	『坊主の花かんざし三』	一九八〇年・集英社文庫
自然とのこんなおつき合い	『こんな老い方もある』	一九九三年・角川文庫
囚われの身	『幸福という名の武器』	一九八八年・集英社文庫
免疫になった女	『女の怒り方』	一九九一年・集英社文庫
珍虫《ちんちゅう》の話	『坊主の花かんざし三』	一九八〇年・集英社文庫
ダービー観戦記	『破れかぶれの幸福』	一九七二年・白馬出版

装幀　川上成夫
装画　上路ナオ子

〈著者略歴〉
佐藤愛子（さとう　あいこ）
大正12年大阪生まれ。甲南高等女学校卒業。昭和44年『戦いすんで日が暮れて』（講談社）で第61回直木賞、昭和54年『幸福の絵』（新潮社）で第18回女流文学賞、平成12年『血脈』（文藝春秋）の完成により第48回菊池寛賞、平成27年『晩鐘』（文藝春秋）で第25回紫式部文学賞を受賞。近刊に『九十歳。何がめでたい』（小学館）、『人間の煩悩』（幻冬舎）、『それでもこの世は悪くなかった』（文藝春秋）、『上機嫌の本』（ＰＨＰ研究所）などがある。

犬たちへの詫び状

2017年４月21日　第１版第１刷発行

著　者　佐藤愛子
発行者　安藤卓
発行所　株式会社ＰＨＰ研究所

京都本部　〒601-8411　京都市南区西九条北ノ内町11
文芸教養出版部　☎075-681-5514（編集）
東京本部　〒135-8137　江東区豊洲5-6-52
普及一部　☎03-3520-9630（販売）

PHP INTERFACE　http://www.php.co.jp/

制作協力
組　版　株式会社PHPエディターズ・グループ
印刷所　共同印刷株式会社
製本所　東京美術紙工協業組合

ISBN978-4-569-83809-0

PHPの本

上機嫌の本

佐藤愛子 著

楽天的で向こう見ずな性格が招く苦労の数々。逃げることなく立ち向かい、人間万事塞翁が馬、お金の損などへでもないと豪語する著者。読めば元気が出る本！

定価 本体一、一〇〇円（税別）